Anett Diell lebt mit ihrem Partner im Süden Deutschlands, umgeben von Natur und Kreativität. Bereits in der Grundschule entwickelte sie eine besondere Faszination für das geschriebene und gesprochene Wort, und drückte es in Geschichten und Darstellung aus. Ihre Werke veröffentlicht sie seit 2021 unter ihrem Pseudonym und wird durch die Agentur Ashera vertreten. Alle ihre Projekte vereinen die Idee von Held:innen, die noch solche werden müssen.

ANETT DIELL

Eine Leiche im Schlepptau

Der B&B Mordclub

Prolog

Die Stimme versagte ihr. Stattdessen bahnte sich ein Röcheln seinen Weg aus ihrer Kehle. Beim Anblick der Toten schwindelte Liv, und sie krallte ihre rot lackierten Fingernägel in das Schlauchboot. Nicht schon wieder! Das war der erste Gedanke, der sich in ihr Bewusstsein stahl, als sie erkannte, dass dies kein Schauspiel, keine Maskerade, kein gelungener Auftritt war, sondern echt. Echtes Blut, das in der Sonne längst getrocknet war. Doch es bestand kein Zweifel, dass das spitze Ding im Hals der jungen Frau ihren Tod verursacht hatte. Immerhin haben wir dieses Mal die Mordwaffe, dachte Liv und erschrak über ihre eigenen, trockenen Gedanken. Dann überrannte sie der Schreck, und sie schrie gellend auf.

Part Eins – Let sleeping dogs lie

Kapitel eins

***Draußen auf dem Meer, kurz vor Snugford,
drei Tage zuvor***

Auf den Wellen glitzerte die Sonne, strahlend schön und die Urlaubslaune bestens unterstützend, während der Geruch von Himbeeren einem die Nase betörte.

Snugford präsentierte sich von seiner schönsten Seite – indem man es lediglich aus der Ferne ausmachte oder besser den Kirchturm der St. Luke's Church. Jay Jameson, Detective Chief Inspector des kleinen Städtchens Snugford, das seine Friedlichkeit über den Hochsommer zurückgewonnen hatte, stand an Deck eines Luxusurlaubschiffes und machte zur Abwechslung kein grüblerisches Gesicht, sondern Ferien.

Die hatte er sich laut Maggie Rosenburn und vor allem Liv Oldstep, seine Partnerinnen in Crime, längst verdient. Welch willkommener Zufall, dass die Snugforder am Bingo!-Wettbewerb der letzten Teeparty in Maggies B&B gemeinschaftlich teilgenommen und gewonnen hatten. Und was für ein Gewinn! Zehn Tage auf einem Luxusdampfer die Küste um Cumbria entlang schippern zu können und sich den Annehmlichkeiten des Lebens zu erfreuen, war schon was. Vor allem, weil sie bald die Gesellschaft einer wahrhaftigen

Berühmtheit erhalten würden – die Jay nicht kannte, die Snugforder hingegen waren hin und weg von ihr: Tina K. Timpson, Erfolgsautorin und Gewinnerin des Nobelpreises für Literatur, würde die Gewinner dieser Küstenfahrt mit einer Exklusivlesung aus einem ihrer Kriminalromane beglücken.

Jay wusste zwar nicht, ob ihm der Sinn danach stand – er hatte noch nie fiktive Kriminalgeschichten gelesen und hielt nichts davon, sie waren selten realistisch –, aber Zoey Bloom schwärmte für die Bücher dieser Autorin, weshalb er annahm, dass es unterhaltsam werden würde. Denn Zoey, ja, nun, Zoey besaß eindeutig Geschmack. Und Charme. Und Klasse und … Jay räusperte sich und konzentrierte sich darauf, nicht zu ihr herüber zu sehen. Erneut. Das wurde auf Dauer auffällig. Sie war gerade in ein Gespräch mit Maggie und Liv vertieft und sah so wundervoll aus wie eh und je – das wusste Jay, ohne hinzusehen. Was war er froh, sich von den beiden Damen beschwatzt lassen zu haben, an dieser Fahrt teilzunehmen. Der Gewinn erlaubte zwölf Snugfordern den zehntägigen Aufenthalt auf dem Luxusschiff mit Namen *Eroina*, und eigentlich hatte Jay abgelehnt – wo käme Snugford hin, wenn sich der Mann, der für Recht und Ordnung im Städtchen zu sorgen hatte, einfach beurlaubte? Allerdings waren Maggies und vor allem Livs Gründe durchaus plausibel gewesen: Erstens musste er irgendwann seinen ihm zustehenden Urlaub nehmen, zweitens war Zoey ebenfalls mit dabei und drittens auch Finley! Letzter Grund in Verbindung mit dem vorletzten hatte entscheidend dazu beigetragen, dass sich der Zettel mit Jays Namen plötzlich sehr schnell Richtung Lostopf bewegt hatte.

Ein Glück, dass sie tatsächlich alle gezogen worden waren. Es hatten sich nämlich so einige Bewohner auf diesen Urlaub beworben. An Bingo!-Abenden beteiligte sich immer halb Snugford, und die wenigsten traten von einem Hauptgewinn freiwillig zurück. Außer Jay eben. Letzten Endes war er überaus froh über seine zehn bevorstehenden Erholungstage. Zumal ihr neuer Priester, Father Abernathy, ebenfalls zu den Auserwählten zählte, womit die Chance auf ein Verbrechen in Snugford minimiert war, hatten sich die bisherigen Morde schließlich stets um die Priester der Gemeinde gedreht. Dieses trockene Argument stammte im Übrigen nicht von Jay selbst, sondern von Peter Coleman, dem Messdiener in der St. Luke's Church, gleichfalls mit an Bord und seit ihren letzten gemeinsamen Ermittlungen ein festes Mitglied im B&B-Mordclub – von dem Jay hoffte, er würde nie wieder aktiv werden müssen. Zumindest in den vergangenen zwei Monaten war dies nicht geschehen, und Jay beschloss nun, in diesem Moment an Deck, dass er sich ein klitzekleines bisschen entspannen durfte.

Es war um die Mittagszeit, und da Jay an Ritualen hing, hielt er es wie sonst und unternahm einen kleinen Spaziergang übers Deck. Immerhin kreuzten nahezu dieselben Menschen seinen Weg wie in seiner Mittagspause in Snugford. Baronin von Lockspridge zum Beispiel saß in ihrem eleganten Cocktailkleid an der Schiffsbar und schlürfte ... nun ja, Cocktails. Allerdings alkoholfreie, wie sie behauptete.

„Ach, mein lieber Jay, wollen Sie sich nicht zu mir gesellen?" Sie winkte ihm zu, ihr kleines Kosmetiktäschchen in der Hand.

Jay fing Maggies Blick auf, die sachte den Kopf schüttelte. Sie unterhielt sich zwar auf der Bank unweit der Bar mit Liv und Zoey, das hieß jedoch nicht, dass sie nicht mitbekam, was vor sich ging. Aus ihrer Sicht sollte sich Jay vor der Baronin in Acht nehmen, sie wäre mit allen Wassern gewaschen, und anders als Liv nähme sie keine Rücksicht auf das Ehegelübde. Verheiratet zu sein, würde sie nicht davon abhalten, einen Urlaubsseitensprung zu wagen, vor allem, da sie allein (und damit so gut wie ledig) an Bord gekommen war.

„Du wärest ein aufregender Seitensprung für sie, das kann ich dir versichern", hatte Maggie erst am Vortag zu Jay gesagt, und dieser war seither auf der Hut. Trotzdem lächelte er verbindlich und als wäre er im Dienst.

„Ach, nun, na ja, vielleicht ein anderes Mal. Mir ist etwas schwummerig vom Wellengang. Daher bevorzuge ich es, mir die Beine zu vertreten", erklärte er und trat von einem Bein aufs andere, ehe er sich davon machte und die Baronin ihren Cocktails überließ.

„Ich trinke einen mit dir", hörte er Maggie noch sagen. „Haben Sie hier diesen Porn Star Martini?"

Sehr liebenswürdig von ihr, ihm aus der Patsche zu helfen.

Ein beißender Geruch stieg ihm in die Nase, verflüchtigte sich auch nach einigen Schritten nicht, und so senkte Jay ahnungsvoll den Blick, um zu erkennen, dass er selbst im Urlaub nicht vom desolaten Schließmuskel einer Lady Mortimer gefeit war. Ihr Kot klebte an seinen Schuhen, verfolgte ihn, wie die Unaufmerksamkeit es tat, und zusammen waren sie ein unschlagbares Team.

„Diese blöde Töle ist die reinste Plage", hörte er jemanden anderen seine Gedanken aussprechen und war überrascht, dass es sich dabei um Mrs Nelson handelte.

Sie lächelte ihm zu und reichte ihm ein Taschentuch. Nicht nur diese Geste verriet ihm, dass sie es ihm verziehen hatte, einst fälschlicherweise davon ausgegangen zu sein, sie habe Lyla Bloom ermordet. Möglicherweise lag es daran, dass er großzügig übersah, was ihr kleiner Sohn Andy so alles mitgehen ließ, um sein Sandspielzeug aufzuwerten. Es waren so unbedeutende Dinge wie das Plastikbesteck an Gemeindefesten oder die ausgedienten Kisten und Kartons vom Dorfladen – nicht der Rede wert für Jay, wenngleich für so manchen hochheiligen Snugforder. Obwohl die Bewohner Snugfords weit entfernt von Hochheiligkeit waren, das wusste Jay spätestens seit seinem letzten Fall. Immerhin hatte er zeitweilig sämtliche Mitglieder des Gemeinderats verdächtigt, den armen Father Smith getötet zu haben. Lieber nicht mehr daran denken, das Ganze war schauerlich genug gewesen, während er mit dem Fall betraut gewesen war. Stattdessen nahm er dankend Mrs Nelsons Taschentuch an.

„Das, vielen Dank, das ist sehr nett."

„Gern geschehen. Man muss vorsichtig sein, wen man auf ein Luxusschiff lässt. Gegen Lady Mortimer ist ja nichts einzuwenden, aber warum muss das Vieh mit, wenn es schon Probleme beim Kacken hat?" Sie riss den Mund auf. „Oh, Verzeihung!"

„Mummy hat Kacka gesagt!", rief Andy und freute sich diebisch darüber, derweil Mrs Nelsons Wangen brannten.

Sie verbrachte diesen Urlaub ohne ihren Mann, ebenso wie Peter ohne seine Frau, weil Letztere weder Mr Nelson noch sich selbst freigegeben hatte. Die Post musste schließlich immer ausgeteilt werden. Etwas, worüber Peter, anders als Mrs Nelson, frohlockte.

„Es bedeutet zehn Tage ohne die Furcht, Gretas Ambivalenz könnte mich von hinten angreifen", hatte er Jay grinsend mitgeteilt, als er den Zettel mit seinem Namen dem Lostopf beigefügt hatte.

Nun saß er zufrieden neben Father Abernathy, lauschte dessen Ideen zur Gestaltung der Gottesdienste und grinste vor sich hin – wobei er sich eine eigene Meinung verkniff.

Father Abernathy passte in diese Gemeinde, denn er war so hochheilig wie ihre Mitglieder, man durfte annehmen, sogar wirklich. Er schlug Father Custom um Längen, und hätte man im Frühjahr gleich ihn anstelle des blutjungen Father Smith' eingestellt, wäre jener jetzt noch am Leben, Elinor Moncreif nicht in Haft und ihr Mann mutmaßlich im Paradies.

Jay unterbrach sich. Er wollte über diesen Fall ja nicht mehr nachdenken, wirklich nicht, er wollte allgemein weniger denken ... Entsprechend gedankenverloren strich er sich übers Gesicht und schmunzelte darüber, dass keine zu kurze Strähne seines Bro Flows ihm die Sicht verdeckte. Seine Haare waren in den letzten zweieinhalb Monaten erfreulich schnell nachgewachsen, sodass er sie zu einem kleinen, aber feinen Pferdeschwanz zurückgebunden trug. Eine Erleichterung – sie ließen sich auf diese Weise sehr viel besser pflegen. Und sie gefielen Zoey.

Jetzt war es doch passiert; er warf einen sehnsüchtigen Blick in ihre Richtung. Liv hatte ihm gedroht, sie werde keinen Ton mehr mit ihm reden, sollte er nach Ablauf der zehn Tage auf diesem Schiff nicht Nägel mit Köpfen gemacht und Zoey seine Liebe gestanden haben. Niemandem wäre es lieber gewesen als ihm, dem nachzukommen. Das Problem war nur, dass sie ihn sprachlos machte. Das war noch nicht mal das Schlimmste, denn – so ehrlich musste er mit sich sein –, wenn er sprachlos war, verhielt er sich halb so närrisch, wie wenn er sprach. Deshalb verkrampfte er in ihrer Gegenwart, gebärdete sich wie ein Stockfisch und brachte kein Wort heraus. Seit sechsundsiebzig Tagen, würde er sie zählen, was er tat, und zwar seit seiner Entlassung aus dem Krankenhaus, nachdem ihn Mrs Moncreif mit diesem Brieföffner angegriffen hatte. Zoeys Teeladen war der erste Ort gewesen, den er aufgesucht hatte, um dort sprachlos herumzustehen. Das musste sich ändern.

Verbess're deine Sprache, deine Rede, damit sie nicht dein Glück verdirbt. Shakespeare hatte Recht. Liv hatte Recht. Dieser Zustand der verliebten Idiotie oder idiotischen Verliebtheit – beides wahr und beides inadäquat – musste ein Ende haben. Ob er einfach jetzt, auf der Stelle, und ohne zu denken, zu ihr rübergehen sollte und …

„Ah, der DCI. Sind Sie mitgekommen, um sich von Ihren falschen Verdächtigungen zu erholen?"

Jay drehte sich mit gerunzelter Stirn um. Vor ihm stand Rupert Paul, der Gärtner der St. Luke's Church. Vermutlich hatte er seinen Namen im betrunkenen Zustand in den Lostopf geworfen und war hier an Bord wieder aufgewacht, denn er trug befremdlicherweise seine Arbeitskleidung.

„Und Sie? Haben Sie vor, hier den Kunstrasen zu mähen?"

Diese durchaus amüsante Frage wurde mit einer Stimme gestellt, so liebenswürdig, dass sie würdig war, sich auf der Stelle in sie zu verlieben ... Was Jay längst getan hatte und deshalb Zoey mit einem verklärten Ausdruck ansah, während Rupert Paul amüsiert grunzte. Zoey brachte es einfach fertig, mit jedem gut Freund zu sein, und konnte sich solche Spitzen erlauben. Bewundernswert. Rupert Paul tippte sich gegen den nicht vorhandenen Hut, verabschiedete sich und ließ Jay und Zoey allein an der Reling stehen. Zoey lächelte, Jay versuchte es ebenfalls, war sich jedoch sicher, wie ein Vollidiot dabei auszusehen.

„Tja, nun. Hi. Schön hier." Wieso sagte er das? Sie waren bereits den zweiten Tag hier, und dass es schön war, hatten sie längst geklärt.

Er spürte Livs erwartungsvollen Blick in seinem Nacken und ahnte, dass Maggies Mund der schmalste aller schmalen Striche war. Er sollte diese Konversation besser nicht versauen – und sich beeilen, Zoey endlich seine Zuneigung deutlich zu machen, ehe dieses Schiff zu voll wurde. In Kürze würden sie die Anlegestelle in Harrington erreichen und weitere Gäste zusteigen. Was Jay schade fand, denn er hasste zu große Menschenaufkommen, und bislang waren einzig die Bewohner Snugfords in Whitehaven an Bord gegangen. Dort hatte die Schifffahrt begonnen, und mit jedem Hafen, den sie ansteuerten, würde das Schiff voller werden. Und es Jay erschweren, unbeschwert mit Zoey „anzubandeln", wie Liv es nannte. Sie selbst hatte nicht gezögert, das mit gleich zwei Herren des Bordpersonals zu machen, will heißen: intensiv zu flirten. Fein. Mal sehen. Das müsste zu schaffen sein. Er würde eine ungezwungene Bemerkung über das Wetter fallen lassen, Zoeys Tee loben und ... Nein, Quatsch, wozu den Tee loben, sie befanden sich ja derzeit meilenweit vom Teegeschäft entfernt. Besser, er machte ihr ein Kompliment. Er räusperte sich.

„Sie ... Die Seeluft tut Ihnen gut, wie ich sehe."

Zoey kicherte. „Ach, wirklich, bin ich sonst so blass?"

Jay spürte die Hitze in seine Wangen steigen. War ja klar, dass das erste Kompliment, an dem er sich versuchte, keines war.

„Oh, äh, nein, so war das nicht gemeint ... Ich hatte ..." Jeder andere wüsste sich bestens aus dieser Schlinge zu befreien, nur er stotterte herum. „Was ich sagen wollte ..." Was würde Liv sagen? „Mir scheint, Sie haben innerhalb von einem Tag an Deck enorm viel Sonne getankt und es steht Ihnen ausgezeichnet." Wow, da hatte er tatsächlich recht gut die Kurve gekriegt. „Ich selbst kann ewig in der Sonne verbringen und werde allenfalls rot."

Zoey lächelte geschmeichelt, ehe sie mit einem Anflug von Schalk in der Stimme erklärte: „Vielleicht sollten Sie einfach an die Sonnencreme denken."

„Ja", er erwiderte ihr Lächeln, „wohl wahr, das, tja, das sollte ich."

Dazu müsste er sie sich vorher erst mal anschaffen. Er machte nie so was wie Urlaub. Dies war sein erster, und deshalb wusste er eigentlich überhaupt nicht, wie er

auf Sonne reagierte. Aber Tatsache war nun mal, dass er schnell einen Sonnenbrand bekam – wahrscheinlich wegen der fehlenden Creme ... Er ließ den Gedanken fallen, verlor sich in Zoeys schönen Augen und der Vorstellung, er würde die Hand nach ihrem Gesicht ausstrecken, um ihr die rotbraune Haarsträhne hinters Ohr zu streichen. Bildete er es sich ein, oder neigte sie sich minimal zu ihm, um ihm die Geste zu erleichtern? Nun denn, wer nicht wagt, der nicht gewinnt! Oder besser ausgedrückt: *Und Liebe wagt, was irgend Liebe kann.*
„Wissen Sie, Zoey, ich wollte Ihnen schon lange ...“

... meine innigliche Liebe gestehen?

... einen Kuss geben?

... sagen, dass Sie die schönste Frau auf Erden sind? Du, dass du die schönste Frau auf Erden bist.

Was auch immer davon Jay Jameson in diesem Augenblick gerne gesagt hätte, es kam nicht dazu, weil er erwiesenermaßen vom Chaos verfolgt wurde, und dieses Chaos schlug immer zu, wenn er sich gerade an den Frieden gewöhnt hatte.

In diesem Fall trat es in Form eines gewaltigen Rumms in Erscheinung, der dazu führte, dass Liv laut aufschrie, Baronin von Lockspridge sich mit ihrem Cocktail bekleckerte und Zoey und Jay gegeneinanderstießen. Leider nicht auf die romantische Art, sodass sie in seinen Armen lag, sondern so, dass ihnen beiden der Schädel dröhnte, weil sie mit der Stirn gegen sein Kinn geknallt war.

An Deck herrschte heilloser Tumult, die Gäste riefen aufgeregt durcheinander, das Personal redete beschwichtigend auf sie ein, und Jay entschuldigte sich gefühlte zwanzig Mal für etwas, an dem er keine

Schuld trug. Peter unterbrach die Endlosschleife seiner Schuldbekenntnisse schließlich, indem er zu ihnen trat und über die Reling blickte.

„Was ist passiert? Sind wir gegen einen Eisberg gestoßen?"

„Iwo, die Eroina ist bloß etwas zu stürmisch gegen den Anlegesteg geprallt." Maggie und Liv waren als einzige völlig ruhig. „Der Kapitän hat seinen Sohn ans Steuerrad gelassen. Es ist sein zehnter Geburtstag, und weil er jetzt die Schwelle zum Erwachsenenalter übertreten hat, durfte er mal ran."

„Woher weißt du das denn wieder?", fragte Jay stirnrunzelnd.

Peter grinste. „Es ist Maggie. Sie weiß alles." Wieder sah er am Schiff hinab. „Weißt du auch, ob das Schiff dabei Schaden genommen hat?"

„Hat es nicht", versicherte Maggie.

„Nur der Anlegesteg von Harrington." Liv kicherte. „Das bedeutet, die berühmte Schriftstellerin muss mit dem Schlauchboot an Bord gebracht werden." Sie überbetonte das Wort „berühmt" und zwinkerte Jay zu. Liv und er waren vermutlich die einzigen beiden Menschen an Bord, die sich nicht als eingefleischte Fans dieser Krimiautorin bezeichneten.

„Sei nicht sarkastisch, meine Liebe, die Frau schreibt gut und hat einfach innovative Ideen. Ist sie das da vorne?"

„Innovativ sind heutzutage viele. Weshalb genau ist sie berühmt?", erkundigte sich Jay und folgte Maggies Blick.

„Ja! Das ist sie!", rief Zoey und lehnte sich über die Reling. Am unverkennbar destruierten Anlegesteg herrschte Stimmengewirr, und inmitten der gestikulierenden Menschen stand eine hochgewachsene Frau mit einem riesigen weißen Sonnenhut, wie man ihn in den Sechzigern getragen hatte, und in einem dazu passenden Kleid. „Und sie hat sich ihrem Kriminalroman entsprechend gekleidet! Wie einfallsreich." Ihre Stimme klang plötzlich wie die einer aufgeregten Teenagerin – diese Tina Soundso musste wirklich gut sein, wenn sie so eine Wirkung auf eine gestandene Frau wie Zoey hatte. „Was Ihre Frage angeht, Jay, Tina K. Timpson schreibt wie keine Zweite und ist berühmt dafür, immer ihre Kriminalfälle in einer anderen Epoche spielen zu lassen. Jeder neue Roman spielt zehn Jahre früher in der Zeit, ist das nicht innovativ?"

Dem musste Jay sogar zustimmen. „Und wann spielt ihr neuester Roman?"

„Da es ihr fünfzehnter ist: im Jahre 1873. Ich bin sehr gespannt darauf. Wobei sie uns hier nicht aus ihm vorlesen wird, da er erst an Weihnachten erscheint."

„Nein, die Lesung auf diesem Schiff wird im Stil der Swinging Sixties gehalten – ‚Mord in der Carnaby Street'", ergänzte Maggie. „Einer ihrer schwächeren Romane. Dafür bietet er sich natürlich für Lesungen an, sofern man sie als Kostümfest betreiben will."

„Ich hoffe, sie wird alt genug, um uns einen Krimi schreiben zu können, der in der Steinzeit spielt." Inwieweit Peter seine Begeisterung für diese Frau ernst meinte, war fraglich – das galt bei seinen Bemerkungen ja generell. Jedenfalls formten seine Augenbrauen nun diesen sarkastischen Schwung, und er grinste von einem Ohr zum anderen, als er fortfuhr: „Fest steht, mein

Lieber, dass sie in ihrer Popularität deinem Shakespeare Konkurrenz macht."

Es sah zumindest so aus, denn am Hafen von Harrington hatte sich eine zunehmend größer werdende Menschenmenge versammelt. Der Anlegesteg war nicht so sehr in Mitleidenschaft gezogen, wie man hätte annehmen können, und so galt die Aufmerksamkeit wohl tatsächlich allein Tina K. Timpson. Sie schien weder vom stürmischen Anlegen der Eroina noch von ihren Fans überfordert, winkte ihnen im Gegenteil gut gelaunt zu und wirkte wie eine Filmschauspielerin auf dem roten Teppich. Sie verteilte sogar Autogrammkarten. Neben ihr stand ein breitschultriger Kerl in Kleiderschrankgröße, der sich trotz Hitze in schwarzer Kluft – schwarzes Hemd, schwarze Jeans, schwarze Turnschuhe, Jay würde darin vergehen – zeigte und vermutlich einen Leibwächter darstellte. Doch war es nicht er, der die Menge davon abhielt, der Schriftstellerin zu sehr auf die Pelle zu rücken, sondern eine junge Frau, die zwar erheblich kleiner, dafür stämmiger war als die Erfolgsschriftstellerin und offensichtlich nichts weiter als ruhige Worte benötigte, um die Fans auf Abstand zu halten.

„Das muss ihre Verlegerin sein – ihren Namen habe ich vergessen –, sie ist bei allen Auftritten dabei und regelt das hintenrum. Sie und Tina K. Timpson sind ein Herz und eine Seele", erklärte Zoey.

Jay konnte sich nur wundern, wie viel sie über diese Person wusste. Er hatte ihr ein hysterisches Fangehabe überhaupt nicht zugetraut. Nun, hysterisch traf genau genommen nicht zu – lediglich sehr angetan. Flüchtig versetzte ihm das einen Stich, weil sie bestimmt nicht dasselbe Funkeln in den Augen trug, wenn sie über ihn sprach … Jay räusperte sich. Er war erwachsen genug, um nicht eifersüchtig auf einen halben Star zu sein. So was war ja lächerlich.

„Harley Hamilton." Er schreckte aus seinen Gedanken hoch und sah Maggie an. „So heißt die Verlegerin."

„Ah", machte er bloß und bemühte sich, niemanden, vor allem nicht Zoey, anzusehen. Stattdessen richtete er die Aufmerksamkeit zurück auf die Autorin. Wie alle anderen das auch taten.

Als es die Crew der Eroina endlich vollbracht hatte, den Steg begehbar zu machen, warf der Star der Kriminalromane noch einmal segensreiche Kusshändchen in die Menge und wandte sich schließlich um, ging hinter Verlegerin Harley Hamilton und vor Leibwächter Kleiderschrank die Stufen aufwärts zum Schiff und sah dabei zu ihnen herüber. Es war eine Entfernung von vielleicht zwanzig Metern, aber Jay konnte ihre Augenfarbe in diesem Moment genauestens ausmachen. Sie waren lilablau – sehr exotisch –, und sie schien mit diesen Augen direkt zu Jay zu blicken. Das irritierte ihn kurz und entging den anderen nicht.

„Uh, Jay, sie scheint ein Auge auf dich geworfen zu haben", scherzte Peter und Maggie konnte sich die Galanterie nicht verkneifen, anzumerken: „Das wird sich ändern, wenn sie einmal mit unserem Schussel gesprochen hat."

„Herzlichen Dank, Maggie", sagte Jay, der von sich behauptete, keine Spaßbremse zu sein, und über ihre Bemerkung entsprechend schmunzelte. Er kannte inzwischen seinen Ruf.

Sie grinste aus schmalen Lippen. „Gern geschehen."

„Eher unwahrscheinlich", kam es von Zoey. Liv warf ihr einen Blick aus hochgezogenen Augen zu – den Hauch von Belustigung überging Zoey. „Denn eigentlich ist sie frisch verlobt." Sie deutete auf den Mann, der sich durch die Menge zum Anlegesteg kämpfte. „Alistair Kriston – wie man sieht, ist er zu spät."

Kannte sie jedes Detail im Lebenslauf dieser Schriftstellerin?

„Alistair?", unterbrach Peter mit seiner Frage Jays Gedanken. „So heißen Leute noch heute? Klingt wie der Name eines Ritters."

„Vielleicht ist er das, er soll ihr einen sehr romantischen Antrag gemacht haben."

„Sie sind ja gut informiert", rutschte es Jay heraus, woraufhin Zoey auflachte. „Das ist nicht schwer. Tina K. Timpson macht kein Geheimnis um ihr Leben."

„Höflich ausgedrückt", ergänzte Maggie, „sie ist die geborene Rampensau. Und sollte es stimmen, dass ihr Verlobter Alistair Kriston ist, wird sie einen gebürtigen Snugforder heiraten. Wie interessant."

In der Tat. Ebenso wie der Auftritt der Schriftstellerin, die unter Beweis stellte, wie sehr Maggies Worte zutrafen, indem sie nicht wartete, bis sie an Bord gegangen waren, sondern ihren Verlobten vor aller Welt demonstrativ küsste. Ob sie ihm unter Deck eine Szene für sein Zuspätkommen machte, würde keiner von ihnen erfahren. Jay war noch uneins mit sich, wie sympathisch ihm diese Bestsellerautorin war.

Dem frisch verlobten Paar folgte nun ein eher kleinwüchsiger Bursche, der auf einem Zahnstocher herumkaute und der einen Mann mit sich winkte, der eine viel zu große Kamera mit sich trug, als dass es rückenfreundlich hätte sein können. Würde die Lesung gefilmt werden? Das bereitete Jay Unbehagen. Ebenso der Anblick der zwölf Bingo!-Gewinnerinnen Harringtons. Es waren ausnahmslos Frauen, und sie alle trugen ein T-Shirt derselben Farbe: blau-apricot-gestreift.

„Junggesellenabschied oder Cheerleader?", rätselte neben ihm Peter, und Liv kicherte.

„Buchclub, da wette ich drauf."

Und wenn Maggie auf etwas wettete, konnte man davon ausgehen, dass sie recht behielt.

Eine Stunde später, im Speisesalon, der sich innerhalb der Aufbauten des Oberdecks befand, hatten sie Gewissheit. Es handelte sich bei den zwölf Damen nicht nur um einen Buchclub, es handelte sich um eine exklusive Form, den T.K.T-Fan-Buchclub (will heißen Tina-K.-Timpson-Club), und die Damen besaßen jeweils vierzehn T-Shirts in den Farben der vierzehn Cover von erschienenen Bestsellern der Autorin. Jay musste seine Meinung revidieren. An Zoey war absolut nichts hysterisch. Verglichen mit den Buchclub-Ladys war sie sogar staubtrocken.

„Und plötzlich nimmt dieser Hauptgewinn rapide an Attraktivität ab", raunte Peter Jay zu und sah zu den giggelnden und gackernden Frauen hinüber. Liv fand sie irgendwie süß, Zoey hielt ihre Meinung zurück, und Maggie verriet sie einzig durch die sehr schmalen Lippen. Jay waren sie im Grunde gleichgültig. Solange sie ihn in Frieden ließen, wollte er sich nicht beschweren.

„Ich weiß nicht, Peter, ein paar attraktive Clubmitglieder gibt es da schon", flüsterte Liv und grinste verschwörerisch.

Peter lachte. „Zu dumm, dass ich verheiratet bin.“

„Und auch noch glücklich obendrein.“ Dieser Bemerkung Livs schenkte er ein müdes Lächeln, das nicht kommentiert wurde, stattdessen seufzte sie. „Wie schade, dass es kein Herrenclub ist, ich hätte nichts gegen zwölf gut aussehende Kerle einzuwenden gehabt.“

„Dann Gott sei gedankt, dass es ein Weiberclub ist“, murmelte Maggie. „Wo ist eigentlich Finley?“

Ehe Jay sich zurückhalten konnte, fanden seine Augen Zoey, die jedoch seelenruhig ihr Abendessen vertilgte. Roastbeef mit Baked Potatoes und Gemüse. Zwar hatten sich seine Befürchtungen, zwischen Finley Odell und ihr könnte sich eine Liebesbeziehung anbahnen, verflüchtigt, nachdem Zoey ihm von dem Grund ihrer häufigen Zusammenkünfte im Teeladen berichtet hatte (der mit Cannabis versetzte Kräutertee schmeckte tatsächlich nicht schlecht), aber das hieß nicht, dass sie sich vollständig auflösen konnten.

„Finley wurde gestern Abend fachmännisch vom Kapitän und Rupert Paul unter den Tisch getrunken“, erklärte Peter mit einem Grinsen. „Bei einer Partie Karten. Ich war bis zehn Uhr dabei, danach wurde es mir zu viel.“ Er senkte die Stimme. „Und Father Abernathy wäre bestimmt ungehalten über einen Messdiener, der zu tief ins Glas blickt. Selbst wenn er das in seinem Urlaub tut.“

„Für Father Abernathy ist es ja keiner“, sagte Liv mit einem Blick zu Baronin von Lockspridge und Lady Mortimer. Die Damen hatten sich eine tägliche Exkursion durch das Alte Testament gewünscht und trafen sich daher jeden Morgen um zehn Uhr dafür an

Deck, um Father Abernathys ruhiger Stimme zu lauschen, wie er von Abraham und Co sprach.

„Das heißt, Finley liegt den ganzen Tag mit einem Kater in seiner Kajüte?", erkundigte sich Zoey, und Peter nickte. „Wow, dann muss es ein wahres Saufgelage gewesen sein."

Jay sagte nichts dazu. Er dachte bloß. In Shakespeareversen. *Ich schätze seine völlige Abwesenheit sehr.*

Zoey fing seinen Blick auf und schmunzelte. Hatte er etwa laut gedacht?

Die Frage konnte nicht mehr beantwortet werden, da in eben dem Moment die Tür zum Speisesaal aufgestoßen wurde und die berühmte Tina K. Timpson hereinplatzte. Keine übertriebene Formulierung, denn sie trat mit lautem Gekicher und Gegluckse ein, untergehakt bei ihrem Verlobten auf der einen Seite und ihrer Verlegerin auf der anderen. Alle Augen richteten sich auf die drei, die im Türrahmen stehen geblieben waren. Augenblicklich nahm Tina K. Timpson eine andere Haltung ein. Sie streifte den voluminösen Hut vom Kopf und strahlte mit ihren knallroten Lippen in die Runde – der Hut flog in Richtung Garderobenständer und verfehlte ihn knapp. Er wurde von Rupert Paul gefangen, mehr zufällig als freiwillig, und in dieser Sekunde hätte vermutlich nahezu jeder im Raum gerne mit ihm getauscht.

„Ein fröhliches Hallo allerseits!", rief die Erfolgsautorin. „Ich wollte nicht stören, essen Sie ruhig weiter."

Eine unmögliche Aufforderung, vor allem, weil sie so unfassbar ins Auge stechend gekleidet war. Sie war eine hochgewachsene Frau um die dreißig, ohne spektakuläre Rundungen am Körper, und doch wölbten sich die bescheidenen Formen in ihrem eng anliegenden, weiß gepunkteten Kleid anschaulich hervor. Ihr Strahlen in die Runde war breit, sie legte beim Lachen ihren Kopf in den Nacken, und die dunklen Haare, nach Art des Hair Flips der Sechziger gestylt, flossen über ihre Schultern. Ein Klicken und Klackern am anderen Ende des Raumes verriet, dass ihr Kameramann bereits Fotos nach Leibeskräften schoss, derweil neben ihm der Knabe mit dem Zahnstocher auf einen Block kritzelte. Er hatte sich beim Betreten des Speisesalons als Journalist vorgestellt, der von Tina K. Timpson persönlich anlässlich ihrer Auftritte engagiert worden war. Die unscheinbare Verlegerin registrierte all das mit einem einzigen Blick.

„Guten Abend", grüßte sie die Versammelten. Sie lispelte ganz leicht, die Stimme klang leise, dennoch bestimmt – allein anhand ihrer roten Wangen ließ sich erkennen, dass es ihr mehr Mühe machte als ihrer Autorin, vor Menschen zu sprechen. „Miss Timpson freut sich außerordentlich über die Möglichkeit, hier zu sein und ihr Buch zu präsentieren. Trotzdem bitten wir Sie, Fragen und Anliegen einzig während der Lesung und dem Meet & Greet an sie heranzutragen. Den Rest der Zeit ist sie eine Urlauberin wie Sie. Vielen Dank."

„Nun, nicht ganz wie Sie." Tina K. Timpson kicherte, und ehe jemand den Verdacht hegen konnte, sie würde sich über den Rest der Gäste stellen, erklärte sie: „Ich bin grottenschlecht im Bingo! und hätte entsprechend niemals eine solche Reise gewonnen."

Sie lachte laut, ihre Verlegerin leise und ihr Verlobter, der Mann mit dem Namen eines Ritters, küsste sie lang und intensiv. „Nein, du bist der Gewinn."

Dieser Bemerkung folgte Applaus von Seiten der entzückten Buchclubtruppe, und an Jays Tisch wurde ebenfalls geklatscht. Tina K. Timpson lachte noch einmal, ehe sie sich mit einem „Guten Appetit" abwandte und Alistair Kriston zu einem der freien Tische zog. Im Vergleich zu ihr sah er fast unspektakulär aus, obwohl die Damenwelt ihn gewiss für attraktiv hielt. Er trug einen dunklen Anzug und ging darin wie ein eitler Pfau, die schwarzen Locken glitzerten unter der Pomade. Jay und Peter wechselten einen Blick und mussten kein Wort sagen. Peters Mundwinkel zuckten. Jay fand, dass Typen wie der die geborenen Verbrechervisagen besaßen. Das war gleichwohl nicht von Belang. Nicht jetzt.

Als Harley Hamilton dem Paar an den Tisch folgte, hatten sich alle wieder ihrem Essen zugewandt, und niemand bemerkte die Verlegerin wirklich. Außer Jay. Weil ihm Leute, die nicht auffielen, immer ins Auge stachen. Paradox, aber so war es. Sein Mentor hatte einmal zu ihm gesagt, dass dies womöglich seine größte Ressource sei. Ein Ausspruch, den Jay nie als Kompliment verstanden hatte und bestimmt auch keines gewesen war, doch mit der Zeit hatte sich ihm offenbart, dass es zumindest keine schlechte Sache war. Egal. In diesem Fall nicht von Bedeutung. Er war ja nicht im Dienst und musste nicht auf seine Observationsvorzüge zurückgreifen. Damit wandte er sich seinem Roastbeef zu und entspannte sich. Das war sein Urlaub. Und er musste ihn anständig nutzen. Musste er wirklich. Ehe Zoey dieser Tina Timpson einen Antrag machte ...

Zunächst allerdings herrschte ein bisschen Chaos beim Verlassen des Speisesalons, weil niemand die

Worte Harley Hamiltons so recht beherzigen wollte und alle versuchten, gleichzeitig mit der Autorin aufzustehen, um zufällig mit ihr ins Gespräch zu kommen. Weshalb Jays Versuch, zufällig mit Zoey ins Gespräch zu kommen, gründlich missglückte, denn während er mit einem halben Dutzend Gäste in die eine Richtung des langen Flurs gespült wurde, geschah dasselbe mit Zoey in die andere. Sechs Buchclubmitglieder sorgten laut schnatternd dafür, dass Jay aufs Deck stolperte, jemand rempelte ihn zur Seite, derweil irgendwer oder irgendetwas ihn am Hinterkopf erwischte. Sein Haargummi löste sich aus dem winzig kleinen Zöpfchen, das ihm seine Haare erlaubten, und so bückte er sich, um danach zu suchen. Zu dumm, die Abendsonne flutete das Deck, und er kniff die Augen zusammen, suchte halb blind nach dem Haargummi ... Nur um Haaresbreite verfehlte eine blaue Ballerina-Sandalette mit orangenem Schleifchen seine Hand. Er zog sie rasch zurück, und eine Frauenstimme nuschelte eine Entschuldigung. Die Urheberin war jedoch schneller verschwunden, als er nach oben sehen und ein „Kein Problem" erwidern konnte. Das Problem war viel eher, dass sein blödes Haargummi verschwunden blieb und er sich da unten auf den Dielen die Knie wund rieb.

„Was machen Sie da auf dem Boden, Jay?"

Zoey!

Er verschluckte sich und schoss in die Höhe, hustete wie ein Idiot und versuchte, mit beiden Händen seine wirren Haare aus dem Gesicht und hinter die Ohren zu befördern. Zweifellos bot er ein perfektes Negativbeispiel von Attraktivität.

„Oh, also, tja, ich habe ... Wie es aussieht, helfe ich dem Bordpersonal beim Wienern des Bodens ... mit meinen Hosen." Ärgerlich das Ganze, er hatte an kein Ersatzexemplar gedacht. Kurzsichtig wie immer.

Zoey lachte herrlich klangvoll und pustete sich sehr elegant eine kastanienrote Strähne aus den Augen. Eindeutig bot sie das perfekte Musterbeispiel von Attraktivität. „Ich mag Ihren Humor."

Hatte er einen Witz gemacht? Vielleicht. Meistens war er unfreiwillig komisch oder bemerkte nicht, dass er etwas Amüsantes gesagt hatte. Im Grunde wollte er nichts Amüsantes sagen, er wollte endlich das Richtige sagen. Wo sie einander jetzt gegenüber standen, das Deck von der Abendsonne geküsst wurde und es romantischer nicht hätte werden können. Sein Herz schlug laut in der Brust, wie es das immer tat, wenn er sie sah. Es würde zu schmerzhaft werden, sollte er nicht bald loswerden, was er ihr zu sagen hatte.

„Zoey, ich wollte, ich meine, ich sollte, angesichts der Umstände, und weil wir uns nun lange genug kennen ..." Wie sollte er es bloß formulieren? Er hätte Liv noch einmal nach dem korrekten Wortlaut einer Liebeserklärung fragen sollen. „... wirklich lange genug, um ..."

„Ja."

Jay blinzelte und verstummte. „Wie bitte?"

Zoey lachte. „Ich dachte, ich beschleunige das mal. Denn, ja, das sehe ich genauso. Wir kennen uns wirklich schon zu lange, um nicht endlich etwas zu ändern."

„Meinen Sie das Ernst?" Jay konnte sein Glück kaum fassen.

„Selbstverständlich."

„Oh. Ja, nun. Das ... das freut mich außerordentlich. Sehr.“ Er redete Stuss ...

„Es war längst überfällig.“

„Richtig, ja.“ Hätte er sich nur eher getraut, es anzusprechen.

„Und mit allen anderen halte ich es ja auch längst so.“ Sie war wunderschön.

„Ja, richtig ... Was?“ Er runzelte die Stirn. Was hielt sie mit allen anderen ebenfalls so?

Zoey schenkte ihm dieses unfassbar süße Lächeln und zerstach mit ihrem nächsten Satz seinen in der Brust anschwellenden Glücksballon. „Diese Förmlichkeit zwischen uns wurde allmählich seltsam. Dass ‚Du‘ fühlt sich unter Freunden wesentlich schöner an als das ‚Sie‘. Wir sind doch Freunde, oder?“

Nicht direkt. Jay musste sich sehr um sein Lächeln bemühen. „Ja, sicher sind wir das. Oder ...“ Oder ein klitzekleines bisschen mehr?

Das auszusprechen gelang ihm aus zwei Gründen nicht mehr. Erstens, weil er so entmutigt war, dass es ihm die Zunge verknotete, und zweitens, weil in diesem Moment sein Störenfried Nummer eins die Treppe zum Deck hochpolterte.

„Hey, hey, hey, meine Freunde – was geht ab? Ich fasse es nicht, dass ich einen Tag verpasst habe!“ Finley Odell besaß die enervierende Eigenschaft, immer dort aufzutauchen, wo er nichts zu suchen hatte, und dabei nicht vollkommen unsympathisch zu sein. Sogar meistens gar nicht unsympathisch, was es einem erschwerte, ihn zu hassen. Gerade setzte er sich seine Ballonmütze auf den Kopf und grinste Zoey und Jay breit an. „Ich sage euch, trinkt niemals einen zu viel mit diesem Rupert. Der gießt die Blumen scheinbar mit Alkohol, kein Wunder, dass der Kirchgarten so blüht." Er legte den Kopf in den Nacken. „Ha. Jetzt fühle ich mich dafür wieder wie das blühende Leben", behauptete er mit einem Zwinkern. „Hey, wusstet ihr, dass übermorgen Tag des Schiffes ist?"

„Ach was, echt? Was heißt das?", erkundigte sich Zoey, und Jay spürte, wie seine Nervenstränge zu kitzeln begannen.

„Das heißt, dass den ganzen Tag Schiffe unterwegs sein werden. Für unsere Strecke ist sogar ein Motorbootrennen geplant. Wenn wir Glück haben, können wir von hier aus zusehen. Die fangen schon um fünf Uhr nachts mit dem Spektakel an. Vielleicht schaffe ich es, mich aus dem Bett zu schälen und nach ihnen Ausschau zu halten. Was meinst du, Zoey?"

Jay öffnete den Mund, um irgendetwas zu erwidern, von dem er nicht wusste, was es werden würde, aber Hauptsache, er tat es vor Zoey, als ihm Liv unerwartet aus der Patsche half. „Vorausgesetzt du hast dich nicht wieder unter den Tisch saufen lassen, was?" Ihr Lachen klang laut und schön, zog die Aufmerksamkeit im Nu auf sich.

Finley grinste und hob einen Finger. „Ich rühre kein Glas mehr in Rupert Pauls Gegenwart an, das schwöre ich feierlich."

„Ein vortrefflicher Vorsatz. Nun lass hören, was genau hat es mit diesem Tag des Schiffes auf sich, dass du dafür mitten in der Nacht aufstehen würdest?"

Das Timing dieser Frau war einfach bemerkenswert. Jay sah ihr lächelnd hinterher, wie sie sich bei Finley unterhakte und ihn in ein angeregtes Gespräch über den Tag des Schiffes verwickelte, nur um diesen von Zoey fernzuhalten und Jay den Weg zu ihrem Herzen zu ebenen. Jetzt durfte er es erst recht nicht versauen. Konnte er sie irgendwie an einen Ort lotsen, der weniger frequentiert war und wo sie ungestört reden konnten?

„Ja, also, da das nun geklärt ist … Vielleicht können wir uns ein wenig die Beine vertreten?" Und dabei bestenfalls ans andere Ende vom Schiff gelangen, wo nicht alle Welt versuchte, möglichst unauffällig in der Nähe von Tina K. Timpson ein Buch zu lesen oder sich die Nägel zu lackieren oder Cocktails zu trinken … Er hoffte inständig, dass es nicht Zoeys ebenso inniglichster Wunsch war, dieser Autorin nah zu kommen.

Zu seinem Glück nickte sie, und so schlenderten sie über Deck in die entgegengesetzte Richtung der Fantraube. Schweigend. Weil Jay seine Gedanken ordnen musste. Sie gingen an einem der Toilettenräume vorüber, und er dachte fieberhaft nach. Wetter, Tee, Kompliment, Date … Wieso Date? Sie waren ja gemeinsam hier, also eher …

„Ich finde übrigens, die längeren Haare stehen dir ausgezeichnet."

Dieses Kompliment von Zoey kam so unerwartet, dass Jay stehen blieb und sie fast ungläubig ansah, ehe sich die Röte auf seine Wangen stahl und er verlegen antwortete: „Oh, ach je, wirklich? Das … Danke." Gute Güte. Er konnte weder Komplimente formulieren noch damit umgehen. Er räusperte sich. „Ja, ich trage sie lieber so. Deine Haare mag ich übrigens auch sehr." Er stellte sich wirklich dämlich an. „Schon immer." Und es wurde nicht besser. „Was ich damit sagen will“, erklärte er und ließ ungeachtet seiner Dämlichkeit alle Vorsicht fahren, denn sie waren jetzt weit genug von allen anderen entfernt, und Zoey hatte ihn immerhin ermutigt. „Ich fühle ...“

Lautes Klackern von Stöckelschuhen ließ ihn zusammenfahren und Zoey blinzeln. Hinter ihnen tauchte Tina K. Timpson auf und lehnte sich gegen die Toilettentür, ein Handy am Ohr und leicht ungehalten. „Ist das nicht ein bisschen lächerlich, dass du mich anrufst? Wir sind auf demselben Schiff.“ Sie hatte eine sehr angenehme Stimme, selbst beim Echauffieren. Nicht zu hoch und nicht zu tief, sie betonte alle Wörter elegant und würde ihren Roman bestimmt perfekt vorlesen. Zoeys Miene hatte sich verändert, und es lag auf der Hand, dass sie ihr Gespräch unterbrechen mussten, um unauffällig das dieser Schriftstellerin zu belauschen. Das akzeptierte Jay. Er war ja ein Gentleman. Oder versuchte, es zumindest zu sein.

„Tja, komm rauf und du erfährst es. Ich bin hier schrecklich gelangweilt.“ Sie stöhnte in einer Mischung aus Gereiztheit und Laszivität. Jay musste ihr zustimmen, warum rief ihr Verlobter sie an, wo sie beide an Bord waren? „Nein, nein, aber mein Liebster liest die ganze Zeit aus diesem ... Na, wie heißt das Schmierblatt, das die gehobenere Gesellschaft so gerne liest?“ Jay runzelte die Stirn. Wenn ihr Liebster hier an Deck die „Guardian“ las, mit wem unterhielt sie sich so, nun ja, flirtoffensiv? „Mag sein, es langweilt mich trotzdem. Da stürze ich mich lieber in die Höhle der Fanlöwen.“ Sie lachte. „Ist nicht mein Ausdruck, Harley hat ihn erfunden ... Das fragst du besser auch sie. Schließlich ist sie diejenige mit dem Studium." Wieder ein Lachen, dieses Mal etwas kehliger. „Ein guter Plan, dann bis dann, mein Honigbär." Sie beendete ihr Gespräch und warf das Handy achtlos in ihre Tasche, wühlte darin herum und überließ es Jay, darüber nachzugrübeln, mit wem sie gesprochen hatte. Sie sah auf, und in dem Moment, in dem sich ihre Blicke trafen, wurde Jay bewusst, dass es ihn nichts anging. Er senkte rasch den Blick. Zu spät, denn irgendwie schien sie sich eingeladen zu fühlen, ihre Zweisamkeit zu stören.

„Hey, entschuldigen Sie die Störung, Sie haben nicht zufällig Zigaretten in Ihrer Hemdtasche?"

Jay blickte an sich herunter zu seiner Hemdtasche und schüttelte langsam den Kopf.

„Tut uns sehr leid, wir sind wohl überzeugte Nichtraucher." Zoey konnte sehr viel charmanter Konversation führen als er. Oder besser, sie konnte es überhaupt und er eben gar nicht.

Tina K. Timpson wandte ihre Augen Zoey zu und grinste. „Ja, das ist gut. Sollte ich im Grunde auch." Sie rollte theatralisch mit den Augen. „Sie wissen schon, man hat mir eingeredet, dass es zum Image einer Künstlerin passt und so, also mache ich es."

Jay runzelte die Stirn. War das ein Grund? „Künstlerin?"

Sie sah ihn an. „Ja, Künstlerin."

„Mir war nicht bewusst, dass das Schreiben von Krimis Kunst ist", murmelte er.

„Ach so. Laut Harley, also meiner Verlegerin, ist das so. Ich persönlich meinte den Rest, denn ich singe und tanze auch."

„Wie überaus faszinierend." Zoey klang nicht so, als wollte sie ihr schmeicheln, es klang aufrichtig.

„Ja, nicht wahr?" Die Autorin lächelte versonnen. „Das kann ich im Grunde besser als die Krimis. Ich meine, ganz ehrlich, wer will ständig mit Verbrechen zu tun haben?"

„Da haben Sie recht", rutschte es Jay heraus, und Zoey lachte.

„Sie stehen hier einem Kriminalbeamten gegenüber, müssen Sie wissen. Einem Detective Chief Inspector persönlich."

Jay errötete leicht. „Der lieber nicht so genannt wird." Zu spät.

„Wirklich?", fragte Tina K. Timpson. „Wie spannend. Ich habe noch nie einen echten Kriminalisten getroffen. Vielleicht sollten wir uns mal zusammensetzen. Sie haben sicher ein paar tolle Infos für Harley und mich. Für den neuesten Roman." Sie sah von Zoey zu ihm. „Ja, wisst ihr was?" Sie verzichtete übergangslos auf die Förmlichkeiten. „Was haltet ihr davon, dass wir uns morgen vor dem Mittagessen treffen?"

Zoey strahlte, Jay nickte unbehaglich. Er würde mit Sicherheit nichts zu sagen haben, das einen Roman aufwertete. Aber wenn sie unbedingt ihren Bestsellerstatus aufgeben wollte. Er sah zu Zoey. Und wenn es diese glücklich machte ...

„Gern", hörte er sich sagen.

„Wir freuen uns", ergänzte Zoey, und das sah man ihr an.

„Klasse, wie heißt ihr beiden?"

Jay war zu versteinert, um zu antworten, Zoey stellte sie beide vor.

„Wow, Zoey Bloom. Was für ein klangvoller Name. Darf ich vielleicht meine nächste Romanfigur nach dir benennen?"

Zoey strahlte, als hätte sie in der Lotterie gewonnen. „Solange es nicht das Mordopfer ist."

Tina K. Timpson lachte. „Auf keinen Fall." Sie zwinkerte. „Dann ist es abgemacht, was? Wir sehen uns." Und sie schlenderte davon, ließ eine strahlende Zoey und einen grübelnden Jay zurück.

Zoey wandte sich ihm zu. „War das nicht großartig?"

Jay nickte lahm. „Ja, durchaus ..."

„Weißt du, ich dachte ja erst, als ich sie am Telefon gehört habe, sie ist weniger sympathisch als gehofft, aber sie hat gerade noch die Kurve gekriegt."

Unverhofft schlang sie die Arme um Jays Hals und lachte. Er war so überrumpelt, dass sich die Freude über dieses Geschenk erst in ihm entfaltete, als Zoey ihn wieder losließ. Hatte sie ihn umarmt? Warum? Weil sie ...?

„Was für eine Aufregung! Komm, das müssen wir unbedingt den anderen erzählen!"

Tja. Nun. Wahrscheinlich hatte sie ihn eher aus Glückseligkeit über das Treffen mit Miss „Wundervoll und berühmt Tina K. Timpson" umarmt. Er ließ sich von ihr zu Maggie und Liv schleppen, und obwohl sie dabei seine Hand hielt, konnte er sich des Eindrucks nicht erwehren, dass es ein Händchenhalten unter Freunden war. Wie konnte er Liv so unter die Augen treten?

Kapitel zwei

Maggie nuckelte an ihrem Strohhalm. Dieser Cocktail war nicht zu verachten, und da es nach fünf Uhr war und sie ihren Nachmittagstee bereits hinter sich hatte, fand sie es in ihrem Urlaub vertretbar, jetzt schon Alkohol zu trinken. Vor allem, da es das Einzige war, das sie wirklich an Urlaub erinnerte. Im Grunde fühlte es sich fast wie zu Hause in Snugford an. Dieselbe Sonne, die verhalten, aber immerhin da, hinter ein paar Wolken hervorlugte und ihre Haut angenehm wärmte. Dieselben Gerüche wie bei einem Spaziergang über den Marktplatz – das Parfüm einer Baronin von Lockspridge mischte sich in krassem Kontrast mit dem Kackhäufchen einer Lady Mortimer. Dieselben Missetaten und Verschrobenheiten, bedachte man, dass Andy Nelson gerade die metallenen Strohhalme an der Cocktailbar mitgehen ließ. So was. Was musste seine Mutter einen Vierjährigen denn noch auf dem Arm rumtragen? Natürlich grapschte sich der dann alles, was auf Erwachsenenhöhe rumstand. Wenn sie nicht aufpasste, würde er noch an eines der Cocktailgläser reichen und seinen ersten Rausch bekommen.

Maggie kicherte bei dem Gedanken und wandte den Kopf, weil sich ihr Kichern mit dem ihrer besten Freundin vermischte. Sie mochte den Klang, obwohl sie nicht

sicher war, ob sie es mochte, auf wen sich Liv gerade
einließ. Auf den Poolboy nämlich – und er war verdammt jung. Womit Liv mit ihren Prinzipien brach und
gegen ihr Beuteschema verstieß, sich einen Kerl zu an-
geln, der älter als sie war. Unverkennbar war das dieser
Junge nicht. Gut, ein Junge war er streng genommen
ebenso wenig, lediglich gemessen an ihrem Alter. Er
dürfte in den Mittdreißigern sein, lief den ganzen Tag
in Badehosen rum und kennzeichnete sich nur mittels
seiner umgehängten Personalkarte als Mitglied der
Crew aus. Das Haar trug er blond und schulterlang,
seine Zähne hatte er bestimmt in Hollywood richten
lassen, und mit dem Blau seiner Augen konnte nicht
mal das Meer mithalten. Wahrscheinlich hielt er Liv
für reich, sodass er so hingebungsvoll mit ihr flirtete,
und Liv dachte sich vermutlich, da die Auswahl über-
schaubar war, warum nicht mal etwas Neues, Junges
ausprobieren? Er war immerhin der attraktivste Kerl
auf der Eroina. Maggie sah sich an Deck derselben um.
Wie immer konnte sie es nicht lassen. Liv hätte die Augen über sie verdreht, dass sie alles und jeden analysie-
ren musste – in ihrem Urlaub! Maggie hingegen hielt es
für einen zu faszinierenden Zeitvertreib, um damit –
vor allem in ihrem Urlaub – aufzuhören. Es war zudem
kein gewünschtes Freimachen gewesen, denn eigentlich herrschte Hochbetrieb im B&B, und sie ließ es ungern allein. Ihren Namen hatte sie in den Lostopf gegeben, weil Liv sie bekniet hatte, und war fast ein bisschen sauer gewesen, als er gezogen wurde. Liv konnte
sich bei Mrs Wolverton bedanken, dass Maggie nun
hier war. Die Frau des Bürgermeisters hatte sie nämlich
darum gebeten, ihrem Sohn einen Ferienjob im B&B zu

verschaffen und sich gleich mit – ihr jahrelanges Hausfrau- und Mutterdasein hänge ihr so sehr zum Hals heraus. Also hatte Maggie sich bequatschen und überzeugen lassen, ihr zehn Tage lang die Verantwortung ihres B&Bs zu übergeben. Es machte sie zwar etwas kribbelig, dennoch wusste sie, dass Mrs Wolverton ihre Sache gut machen würde, und es handelten sich ja bloß um zehn Tage. Schließlich hatte sie sogar Jay zwanzig Tage darin allein gelassen. Ob sie alt wurde, weil sie den zweiten Urlaub in kürzester Zeit verlebte?

Unsinn.

Entschlossen stellte sie ihr Cocktailglas ab und erhob sich aus dem Liegestuhl, um ihre Beobachtungen im Gehen fortzuführen. Das war ihr dritter Tag auf dem Schiff und noch war es auszuhalten. Platztechnisch. Erst am nächsten Tag würden sie in Workington weitere zwölf Bingo!-Gewinner aufgabeln, und so lange gehörte ihnen das Schiff noch fast allein. Die Eroina bot eine Vielzahl an Zerstreuungsmöglichkeiten, die die Snugforder in vollen Zügen genossen. In ihrem verschlafenen Alltag kamen sie ja eher selten dazu, auf hohem Niveau zu schlemmen. Hier, im Bug des Schiffes und auf dessen Oberdeck, ließen es sich alle gut gehen, und es spielte sich das hauptsächliche Geschehen ab. Denn man konnte sich an der Cocktailbar und am Swimmingpool – inklusive Poolboy – vergnügen. So auch Tina K. Timpson, die begnadete Kriminalautorin, die sich im echten Leben einen feuchten Dreck um die Beredtheit scherte, die sie in ihren Büchern bewies. Sie posierte im Pool auf einem dieser Klischee-Schwimmmatten, um mit dem Cocktail in der Hand und dem Hut auf dem Kopf von ihrem Fotografen in sämtlichen Posen abgelichtet zu werden. Ihr Leibwächter stand zwei Meter entfernt und beobachtete alles durch seine Sonnenbrille. Maggie musste gestehen, dass sie von der Autorin minimal enttäuscht war. Bei einem so scharfen Verstand hatte sie keine Poserin erwartet, die jede Chance nutzte, um auf sich aufmerksam zu machen. So war das wohl mit Idolen. Im echten Leben verhielten sie sich vollkommen entgegengesetzt zu ihrer beruflichen Professionalität, und man wünschte sich plötzlich, ihnen besser nicht begegnet zu sein. Zwar konnte Maggie diese Dinge gut voneinander trennen, trotzdem würde sie beim Lesen der Krimis von nun an immer dieses Bild einer strahlenden Diva im weißen Bikini vor Augen haben. Und das passte einfach nicht zusammen. Ihr Verlobter unterhielt sich unterdessen mit Harley Hamilton, der Verlegerin ohne Ausstrahlung. Bestimmt hatte sich die Timpson bewusst so jemanden unscheinbaren ausgesucht, der hinter ihr im Schatten verschwand. Bei ihrem Verlobten hatte sie das zwar gelassen, er war ihr an Attraktivität ebenbürtig, sonnte sich jedoch nicht so sehr im Rampenlicht und überließ ihr höflich die Show. Maggies Wissens nach war er Tennisspieler, allerdings eher aus Leidenschaft, da er gerade mal den 99. Platz auf der Weltrangliste der Herren ausmachte.

Maggie spazierte an der Backbordseite weiter in Richtung Schiffsaufbauten und an den Toiletten vorbei, wo Jay und Zoey auf einer Bank saßen – scheinbar hielt es Jay für ein besonders romantisches Plätzchen, denn sie hatte die beiden schon abends zuvor dort stehen sehen. Oder es war die einzig freie Bank gewesen. Mit einem

Schmunzeln stellte Maggie fest, dass Zoey ihm aus einem der Romane Tina K. Timpsons vorlas, er aber bestimmt nicht ein Wort davon mitbekam, sondern in schmachtender Erstarrung an ihren Lippen hing. Sie ließ die beiden hinter sich und schloss mit sich selbst die Wette, ob es Jay am Ende dieses Urlaubs gelungen sein würde, seiner Angebeteten den Hof zu machen. Eigentlich waren alle Stimmen in ihr derselben Meinung: Nein.

Als Maggie die Heckseite der Eroina erreichte, entfuhr ihr ein Lachen. Zoey und Jay waren nicht die Einzigen, die sich gerade mit dem Roman Tina K. Timpsons beschäftigten, obwohl sie noch heute Abend ihre erste Lesung halten würde. Der T.K.T-Fan-Buchclub saß auf Bänken, die im Quadrat aufgestellt worden waren, und ein jedes Mitglied hielt seinen Roman in Händen, um daraus zu rezitieren. Alberner Haufen in diesen T-Shirts, die sie täglich wechselten und damit Eindruck auf die Autorin machen wollten, die sie im Gegenzug links liegen ließ. Maggie fand diese Uninformiertheit bemerkenswert. Im Grunde stach unter ihnen keine einzige Frau heraus, sie hätten ebenso ein und dieselbe sein können, und wurden daher von Maggie nur als „Der Buchclub" betrachtet. Sie schlenderte entsprechend desinteressiert weiter. In wenigen Stunden würde nach dem Abendessen, da das Wetter es zuließ, im vorderen Bereich des Hecks die erste Lesung stattfinden. Zu diesem Zweck wuselten bereits etliche Crewmitglieder hin und her, um die Bühne und zusätzliche Sitzmöglichkeiten und Stehtische aufzubauen. Es versprach noch ein viel größeres Event zu werden, als

Maggie angenommen hatte, jetzt, wo sie Tina K. Timpson kannte und wusste, dass sie sich bestimmt nicht mit simplem Lesen befasste. Das verrieten die großen Boxen, die herangeschleppt wurden und für musikalische Untermalung sorgen sollten.

„Wird 'ne große Sache heute Abend. Sind Sie gespannt?“

Maggie drehte sich überrascht um. Sie hatte den Presseheini zwar wahrgenommen, wie er den Aufbau der Bühne mitverfolgte und hin und wieder etwas auf seinem Block notierte, allerdings nicht damit gerechnet, von ihm angesprochen zu werden.

„Ach wirklich? Größer als ihre sonstigen Lesungen?“

Der Kerl lachte und schob seinen Zahnstocher vom linken in den rechten Mundwinkel. „Nope, das nicht. Tina macht immer eine große Showeinlage. Ich meinte, größer als Lesungen von Normaloautoren.“

Normaloautoren, so, so. Maggie musterte ihn prüfend. „Daniel Mirrey“ stand auf seinem Presseausweis, den er wie die Crewmitglieder laminiert und an einem Band um den Hals trug. Er besaß eine blonde Föhnwellenfrisur und Hasenzähne. Um den Anblick perfekt zu machen, hätte nur noch die Hornbrille gefehlt. „Das heißt, Tina K. Timpson ist keine ‚normale‘ Autorin?“

„Finden Sie irgendwas an ihr normal?“, fragte er.

Maggie zuckte mit den Schultern. „Ich kenne mich nicht aus mit dem Verhalten von Erfolgsautoren.“

„Tja, ich schon, und ich sage Ihnen, an der Frau ist nichts normal.“ Er lachte meckernd, der Zahnstocher vibrierte in seinem Mundwinkel. „Eigentlich bezahlt sie mich nicht gut genug, dafür, was man alles mit so einer mitmacht.“

Das klang ja interessant. „Was macht man denn so mit?“

Das Grinsen des Daniel Mirrey wurde so breit, dass der Zahnstocher Gefahr lief, ihm aus dem Mund zu fallen. „Sie bezahlt mich so gut, dass ich nichts ausplaudere, was nicht explizit von ihr gewünscht wäre.“

Maggie nickte verstehend. Mit anderen Worten, die Autorin diktierte ihm auf, welche Lobesworte er in seinen Kritiken über sie fallen lassen durfte. Ob das normal unter ihresgleichen war, wusste Maggie nicht, aber es überraschte sie nicht.

„Bevor Sie das missverstehen, ich bin nicht bestechlich und mag die Frau enorm.“ Das klang nach Rechtfertigung. „Und Sie dürfen gespannt sein auf alles, was Sie heute von der strahlenden Miss Timpson hören und sehen werden.“

„Ich missverstehe Sie bestimmt nicht, guter Mann“, versicherte Maggie lächelnd, „und ich bin sehr gespannt.“

Damit verabschiedete sie sich und ging weiter Richtung Steuerbordseite des Schiffes. Spannende Unterhaltung. Es würde Maggie wirklich interessieren, was er ihr wohl erzählte, wenn er ein paar Cocktails zu viel hatte ... Das dachte sie sich in eben dem Moment, als ihr die Erfolgsautorin entgegenkam – alles andere als strahlend und gefolgt von Harley Hamilton.

„Ja, ja, stress mich nicht so“, rief sie über die Schulter zu dieser zurück. „Wir haben noch massenhaft Zeit.“

„Eine Behauptung, die korrekt wäre, würdest du ...“ Harley Hamilton bemerkte Maggie und senkte die Stimme, sodass diese nicht verstehen konnte, was sie der Autorin ins Ohr raunte.

Es konnte ihr nicht gefallen haben, sie rollte mit den Augen und erklärte: „Ist klar, ist klar. Lass jetzt bloß nicht wieder dein Studium raushängen."

Die beiden gingen durch die Tür und die Treppen abwärts zu den VIP-Gästekabinen.

Maggie zögerte. Selbstverständlich wäre es indiskret, ihnen zu folgen, einer Berühmtheit schon zweimal … Dann zuckte sie mit den Schultern. Maggie war nun mal Maggie und ihre Nase zu neugierig, um nicht zu schnüffeln. Daher ging sie ebenfalls die Stufen abwärts unter Deck. Sie konnte die Stimmen nur noch leise hören, folgte ihnen gespannt. In diesem Bereich des Schiffes war sie bislang noch nicht gewesen, denn ihre Kabine befand sich auf der anderen Seite, einem definitiv schlichter gehaltenen Flur. Hier lebte die Oberklasse, unverkennbar, der Boden war mit einem roten Teppich ausgelegt, der am Rand mit Goldfäden vernäht worden war, und überall stand dekorativer Schnickschnack auf schmalen Sideboards herum. Maggie war hier eindeutig fehlplatziert, wie sie noch in der Minute gespiegelt bekam.

„Verzeihung, die Dame, kann ich Ihnen helfen?" Es war ein Crewmitglied, besonders gelackt gekleidet und höchstwahrscheinlich extra für den VIP-Flur zuständig. Verbindlichkeit war jedoch ein Muss und so lächelte der Knabe gerade noch so, während sie in seinen Augen lesen konnte, dass sie hier bereits rein äußerlich nichts zu suchen hatte. Liv wäre es mit ihrer ausgewählt schicken Kleidung vielleicht gelungen, nicht aufzufallen, Maggie indes war, wie sie war, und das bedeutete, sie trug keine Designerklamotten.

„Nein“, erwiderte Maggie höflich und bestimmt, „ich sehe mich um.“

„Das müssen Sie woanders machen. Hier sind die Unterkünfte der ...“

„Schönen und Reichen, ich weiß, ich weiß. Und eben das möchte ich mir genauer ansehen. Ich bin vom Qualitätsmanagement.“

Sie war selbst überrascht, wie prompt er diese Lüge schluckte. „Oh.“ Er nickte verstehend. „Das ist natürlich etwas anderes. Kann ich Ihnen ...?“

„Machen Sie sich keine Mühe und posaunen Sie es bitte nicht herum, sonst kann ich mir hier kein unverfälschtes Bild mehr machen. Das verstehen Sie sicher.“

Er nickte geflissentlich. „Selbstverständlich.“

Maggie lächelte. Er lächelte. Beide standen sich noch einen Augenblick im Weg. „Nun, Sie haben sicher irgendetwas Wichtiges zu erledigen, möchte ich annehmen.“

„Selbstverständlich“, wiederholte er und machte sich daran, eben das zu tun.

Maggie grinste zufrieden. Liv mochte wie eine Schauspielerin aussehen, aber Maggie besaß das Talent einer solchen. Sie ging weiter, dezent verärgert darüber, dass sie die Spur der Autorin verloren hatte, und mit dem Gedanken spielend, dass ihre Observation so ihren Reiz verloren hatte, als sie einen lauten Knall hörte. Unmittelbar darauf wurde eine Tür am anderen Ende des Flurs aufgerissen und die Stimme Tina K. Timpsons wehte zu Maggie hinüber: „... war doch deine Idee! Und jetzt lass mich in Ruhe, ich muss noch mal die Szene anschauen.“

Worte, denen Harley Hamilton prompt nachkam, allerdings fehlte es ihr dabei an der üblichen Ausgeglichenheit. Jedenfalls vergleichsweise. Etwas schien sie zu belasten, denn ihre Schritte waren schnell, die Wangen gerötet, und anders als dem Bordpersonal war es ihr vollkommen einerlei, dass Maggie in ihrer schlichten Aufmachung hier unten herumschnüffelte. Sie hastete an ihr vorbei und die Treppen hinauf aufs Oberdeck. Maggie sah ihr stirnrunzelnd nach. Wie es aussah, waren die beiden nicht immer ein Herz und eine Seele.

Kapitel drei

Hach. Sommer, Sonne, süße Hintern! Gab es etwas Schöneres? Liv liebte diese Art von Leben, in dem alles zielsicher auf ein Happy End zusteuerte. Das B&B war in guten Händen, ihr Rücken ebenfalls, nämlich in denen eines jungen Kerls namens Jamie, der verflucht gut massieren konnte und bei dem es einer Schande gleichkam, dass er hier nur für den Pool zuständig war. Natürlich würde ihre kleine Liebschaft diese zehn Tage nicht überdauern, aber dafür war ein Urlaub schließlich da. Sie hatte es mit festen Beziehungen versucht, und die hatten sich als komplette Reinfälle entpuppt. Jamie war amüsant, ungebunden und unkompliziert, und sie beide wussten, dass es nichts Ernstes war. Klar. Sie würde nie ernsthaft einen Typen daten, der halb so alt war wie sie. Als Urlaubständelei hingegen eignete er sich perfekt. Und wenn alles glatt lief, wäre am Ende dieser Küstenfahrt sogar Jay-Jay mit seiner liebsten Zoey vereint – das reichte vollkommen. Liv konnte ihr Glück auch andernorts finden.

Sie genehmigte sich einen versonnenen Blick zu den beiden rüber. Es lag diese kollektive Spannung in der Luft, weil die erste Lesung dieser Fahrt in wenigen Augenblicken beginnen sollte. Doch am meisten prickelte es um Jay und Zoey herum. Liv konnte die elektrisierende Energie beinahe sehen. Sie saßen am Tisch ganz in der Nähe des Podests für die Autorin, sie mit roten Flecken auf den Wangen und dem Blick zur Bühne, er mit einer Hand keusch auf der Lehne ihres Stuhles, ohne die Geste vollkommen auszuführen. Nun, er hatte ja noch etwa zwei Stunden Zeit, um die Hand dort zu platzieren, wo sie hingehörte.

Die Sonne verschwand orangerot im Meer, der Tag ging zu Ende, und die gefühlt abertausend elektrischen Lichter auf der Eroina tauchten den Bug des Schiffes in romantisches Licht. Ein Gong ertönte, und die Versammelten beendeten ihre Unterhaltungen, alle Augen richteten sich gespannt und atemlos auf die Bühne. Liv kicherte über das Raunen, das entflammte, als Tina K. Timpson mit einem Mikrofon in der Hand und in ein rot-weiß-gestreiftes Rockabilly-Kleid ins Scheinwerferlicht trat. Ein Blick zur Technik und die bisherige Hintergrundmusik verstummte, um einem wohlbekannten Hit der Swinging Sixties Platz zu machen – *Sister Morphine*. Und selbst Liv musste zugeben, dass Tina K. Timpson den Song beinah besser rüberbrachte als damals Marianne Faithfull. Die Menge johlte, allen voran dieser Buchclub, der den Beifall zum Crescendo anschwellen ließ und unter dessen Fußgetrappel das Schiff schon fast ins Schwanken kam. Zoey klatschte begeistert Beifall. Jays Hand bewegte sich nicht vom Fleck. Die Autorin strahlte mit den Lichtern ringsumher um die Wette, als sie sich verneigte, und genoss die Begeisterungsstürme sichtlich. Ihre Augen flirteten mit dem Publikum, ihr Lachen klang laut und frei.

Plötzlich veränderte es sich, wurde zu einem Röcheln, die Augen traten hervor, und sie griff sich an die Kehle. Livs Atem ging schneller. Krachend fiel das Mikrofon zu Boden. Ein unangenehmer Quietschlaut erfüllte das Deck, der jedoch in dem Entsetzensschrei der Zuschauer unterging, als Tina K. Timpson zu Boden sank. Die ersten, geistesgegenwärtigen Helfer sprangen von ihren Sitzen hoch, Panik wallte auf, Maggie und Liv tauschten einen Blick – und dann wurde es vollkommen still. Weil aus Tina K. Timpsons Kehle kein Sterbenslaut herausbrach, sondern ein Lachen, dass die Bodendielen erzitterten. Sie erhob sich ohne Mühe und schenkte ihnen allen ihr Strahlen.

„Reingelegt!", rief sie kichernd. „Was Sie hier sehen, ist kein Ableben, sondern der perfekte Auftakt zu meiner Lesung, in der es nämlich zu einem kaltblütigen Mord an einer Sängerin kommen wird."

Einen Moment noch herrschte Stille, ehe jemand durch die Zähne pfiff und die Erleichterung ihres Publikums der Hysterie wich. Der Beifall war sicherlich bis nach Snugford zu hören. Liv entspannte sich, und Maggie lehnte sich in ihrem Stuhl zurück. Baronin von Lockspridge schürzte die Lippen und stürzte ihr Weinglas hinunter, während sie etwas halblaut murmelte, das den hinter ihr sitzenden Peter zu amüsieren schien. Der allgemeinen Begeisterung schloss sie sich nicht an. Genauso erging es Jay, der immer noch kreidebleich war, und sogar Zoey schien der Scherz etwas zu makaber.

„Geben Sie es zu, das war ein bombiger Einstieg in den Abend!" Die Zuschauer, angeführt vom Buchfanclub, brüllten eine Bestätigung, und Tina K. Timpson grinste geschmeichelt. „Das war die Idee meiner Verlegerin, Harley Hamilton, und wie immer brillant. Um Welten besser als ihre Ansage, die wir stattdessen zu hören bekommen hätten – obwohl ihr Lispeln unsagbar charmant ist."

Sie zwinkerte Harley Hamilton zu. Das Publikum lachte. Harley lächelte und ließ nicht erkennen, was sie dachte. Liv fand es nicht sehr liebenswürdig von Tina K. Timpson, einen Scherz auf Kosten ihrer Verlegerin zu machen, doch mit dieser Meinung war sie allein. Empathie war nun mal nicht jedermanns Stärke. Oder es lag daran, dass Liv schlicht als einzige kein verblendeter Fan war.

Ob Bewunderer oder nicht, in den folgenden sechzig Minuten wurde Liv von der dynamischen Leseart der Autorin bestens unterhalten. Sie musste ihr zumindest lassen, dass sie es verstand, ihr Buch sehr effektvoll zu präsentieren. Vielleicht hätte sie ahnen müssen, dass ihr Anfall bloß Show war, denn dieser Leibwächter hatte sich nicht von der Stelle gerührt.

„Talent hat die Gute, das muss ich schon sagen", sprach Maggie nach der Lesung Livs Gedanken laut aus. „Und außerdem einen Hang fürs Dramatische. Gute Güte, ich dachte kurz, das wird eine Geschäftsreise für unseren armen Jay!"

Dem stimmte er vermutlich zu, betrachtete man seinen immer noch etwas entrückten Blick (oder lag es daran, dass Zoey ihn so ermutigend ansah?), und so waren sie allesamt dankbar für das Partyflair, das nach der Lesung und den gefühlt stundenlangen Fragen zum Roman aufflammte. Dieser Buchclub hatte nicht zum

Ende kommen wollen und es nur dank Harley Hamilton schließlich müssen.

„Tut mir leid, die Zeit ist um. Stattdessen laden wir Sie herzlich zur ‚Afterwordsparty‘ ein.“

Wozu niemand Nein sagte und das Schiff unter dem Beat der Musik zu beben begann. Während sich Maggie einen neuen Cocktail gönnte und Zoey Jay dazu überredete, zu tanzen (kein wirklich romantischer Anblick, das Linkische würde sie ihm noch abgewöhnen müssen), saß Liv mit überschlagenen Beinen auf ihrem Stuhl und bemühte sich um gelangweilte Attraktivität, bis Jamie sie zum Tanz auffordern würde. Seine Schicht war um zweiundzwanzig Uhr beendet, und es sollte nicht mehr allzu lange gehen ...

„Klick!“

Diesem blödsinnigen Wort folgte ein tatsächliches Klicken und Liv fuhr zusammen, als sie erkannte, dass Tina K. Timpsons Fotograf sie gerade ungefragt porträtiert hatte. Nicht, dass es sie stören würde ... Aber in dem Fall störte es sie eben. Der Name dieses Burschen war Bobby, und er nervte allmählich mit seinem ewigen Geknipse. Er besaß eine gigantische Auswahl an Kameras, diese hier war klein und handlich, offenbar für den schnellen Überfall.

„Oh, ja, oh, là, là, Sie sind äußerst fotogen, meine Teuerste.“

Liv rang sich ein Lächeln ab. „Danke. Auch, wenn ich ungern mal eben abgelichtet werde. Ende ich damit im Artikel über die heutige Lesung von Tina K. Timpson?“

Bei der Erwähnung ihres Namens huschten die Augen des Fotografen flink in deren Richtung. Sie sah zurück, breit lächelnd, während ihre Augen furchteinflößend kalt waren.

„Nun, ich …"

Doch Liv erhob sich geschmeidig von ihrem Stuhl. „Würden Sie mich entschuldigen?"

Das Letzte, wonach sie sich verzehrte, war ein Konkurrenzkampf mit dem Star des Abends. Aus den Augenwinkeln nahm Liv wahr, wie Alistair Kriston versuchte, seine Verlobte zum Tanzen zu motivieren. Sie ließ ihn abblitzen. Die Augen ruhten auf dem Fotografen, der gerade für eine halbe Minute mit einem anderen Modell fremdgegangen war. Eine Diva, die ihresgleichen suchte. Zum Glück las Liv keines ihrer Bücher, sonst wäre sie jetzt von ihrem Idol enttäuscht. Alistair trug ihre Zurückweisung mit Fassung und forderte stattdessen Harley Hamilton auf – was mit Sicherheit noch Ehekrach geben würde.

Und gerade als Liv sich fragte, ob sie nun gezwungen wäre, sich ebenfalls wie Maggie mit Cocktails abzuschießen, nahte endlich ihr Retter und Vertreiber der Langeweile. Jamie sah einfach zu sexy aus in seiner Badehose, über der er nach Dienstschluss ein offenes Hawaiihemd trug. Er zögerte nicht lange, sondern griff nach ihrer Hand und zog sie, ohne ein Wort zu sagen, zur mit Scheinwerfern in buntes Partylicht getauchten Tanzfläche. Worte machte er generell nicht viele, aber hey, er konnte tanzen! Liv hatte das Gefühl, an seiner Seite wieder zur Jugendlichen zu werden. Sie spürte den Beat durch ihre Adern pulsieren, versank im Blau von Jamies Augen und reagierte wie elektrisiert auf seine Bewegungen. Wie ein Magnet zog es sie zueinander, sie lachten und tanzten, tanzten und lachten; sie tranken und knabberten, nicht allein an Salzstangen und Erdnüssen, sondern vor allem aneinander, und sie fand sich kein bisschen unanständig.

Nicht im Vergleich zu Tina K. Timpson, die eine Showeinlage der nächsten folgen ließ und dafür regelmäßig beklatscht wurde, selbst wenn es noch so geschmacklos war, was sie tat – und dazu gehörte nicht, dass sie um Mitternacht mit dem sturzbetrunkenen Rupert Paul auf dem Podest tanzte.

Jedenfalls achtete so niemand auf Liv und ihren etwas zu jungen Poolboy. Der Abend wurde zu einem verzückenden Meer aus Farben und Klängen, denen sich Liv glücklich hingab. Sie war leicht angetrunken, oder womöglich etwas mehr, als sie gegen zwei Uhr in der Nacht zu ihrer Kabine tänzelte. Gestützt von Jamie, der verführerisch nach Schweiß und Alkohol roch.

„Huch“, kicherte sie, als sie erkannte, dass sie sich auf der falschen Seite des Schiffes befanden, bei den VIP-Kabinen, „du verwechselst mich mit einer Berühmtheit. Wir gehören rüber in die Holzkiste ... äh ... Klasse.“

Sie gluckste, und er lachte, beides wurde vom nächsten Kuss gedämpft. Sie öffnete die Augen und sah in sein Gesicht. Sie hatte viele Halbgötter geliebt, aber dieser war vermutlich das Original. Eine verbotene Frucht, weil viel zu jung und so ...

„Oops!“ Sie zuckte zusammen, als sich die VIP-Tür öffnete, und noch einmal, als sie erkannte, dass es Silvia Nelson war, die hinter ihr zum Vorschein kam. „O je, hast du dich auch in der Tür geirrt?“

Silvia Nelson nickte bloß und wünschte eine gute Nacht, ehe sie weiter und zu ihrer wahren Kabine eilte. Liv versank bereits im Meer der Augen ihres Halbgottes und dachte sich verzückt, dass dieser Urlaub zu schön war, um wahr zu sein.

Kapitel vier

Ein seliges Lächeln ruhte in Jays Mundwinkeln, als er anderntags mit zwei ungleichen Socken an den Füßen und leicht zerrauftem Haar auf dem Kopf aus der Kabine in den Flur stolperte, um auf der Stelle umzukehren und sich zu kämmen. Darauf musste er von nun an wirklich besser achten. Auf ein adäquates Äußeres. Ja. Seit gestern. Es war ein reizender Abend gewesen. Von der Lesung hatte er nach deren fulminantem Auftakt nicht viel mitbekommen, aber dafür vom Tanz mit Zoey. Der den gesamten Abend dauerte. Zwar hatten sie sich nicht geküsst, das nicht, nein, weil … weil … Und an dieser Stelle setzte Jays Hirn ein, und ihm kam wieder in den Sinn, dass immer noch die Eventualität zwischen ihnen stand, dass Zoey ihn lediglich für einen guten Freund hielt. Allerdings konnte er das nicht mit Sicherheit wissen, ehe er es nicht in Erfahrung gebracht hatte, und deshalb, ja, deshalb würde es heute so weit sein und er den ersten Schritt wagen!

Wenn die Seele bereit ist, sind es die Dinge auch.

Ja, so war es, und Jays Seele war sehr bereit!

In dem Moment, in dem er jedoch den Speisesaal betrat, änderten sich die Dinge. Und taten diese das auf derart abrupte Weise, tat es die Seele auch …

Er bemerkte den Umschwung am Grundton im Raum – es war totenstill – und an den Augen der anderen – sie starrten allesamt in seine Richtung. Baronin von Lockspridge gleich am Tisch hinter der Tür mit spitzen Lippen, Lady Mortimer direkt daneben mit hochrotem Kopf, der Gärtner, dieser Rupert Paul, hinten beim Fensterloch mit einem seltsamen Grinsen und dann Maggie – ihr Mund war der schmalste Strich seit Wochen. Neben ihr saß Zoey, leichenfahl. O je ... Er ging noch ein paar Schritte weiter in den Raum, ehe er stehen blieb.

„Stimmt was nicht?" Klang seine Stimme hoch?

Alistair Kriston trat in sein Blickfeld, seine Augen waren rot gerändert, und er trug das Haar unfrisiert. Jays Blick trübte sich. Neben Jay erschien eine Gestalt. Peter.

„Tina K. Timpson ist verschwunden", raunte er Jay ins Ohr.

Fast hätte dieser gelacht. Verschwunden? Also nicht tot. Schon mal gut. Er runzelte die Stirn. „Verschwunden? Auf einem Schiff?"

Die Umstehenden nickten.

Alistair Kriston ging auf ihn zu. „Ich habe jeden Winkel abgesucht ..."

„Absuchen lassen", verbesserte Harley Hamilton und schlug anschließend entschuldigend die Hand vor den Mund, weil sie ihn unterbrochen hatte.

„Richtig, absuchen lassen, und sie ist nirgendwo zu finden. Sie sind ein Polizist, nicht wahr? Ein Kriminalbeamter, also ist das ein Fall für Sie, habe ich recht? Was für ein Glück für uns, dass Sie hier sind."

Ja ... was für ein Glück, dass er hier war. Jay stöhnte innerlich auf. Verflucht sei der Moment, in dem er seinen Namen in den Lostopf gegeben hatte. Wobei: Ein rettender Gedanke formte sich in seinem Kopf. „Hier gibt es sicher so was wie eine Bordpolizei, die sich solcher Dinge annimmt, oder? Denn ich bin ja streng genommen ...“

„Nein, die gibt es hier nicht, bedaure“, unterbrach ihn irgendwer vom Bordpersonal – ein Kellner? Die sahen hier alle gleich aus.

„Somit sind Sie der am besten befähigte Mann in dieser Sache und wissen am besten, was jetzt zu tun ist“, hörte er die Stimme Alistair Kristons durch den Nebel seufzender Stimmen zu sich durchdringen.

„Ja“, murmelte er, „ja, natürlich.“

Konnte es ein Scherz sein? Eine von ihren Showeinlagen? Nervös verlagerte er sein Gewicht vom einen aufs andere Bein. Möglich wäre es ja ...

„Ich denke, ein Scherz ist in diesem Fall ausgeschlossen.“ Maggie war zu ihm und Peter getreten. Entweder hatte er laut gedacht, oder diese Frau las einfach zu gut in seinen Gedanken.

„Auszuschließen, ja.“

Immer noch spürte er die Blicke aller auf sich und räusperte sich. Ade Urlaub.

„Also“, hakte der Verlobte der Vermissten nach – immerhin musste er sie nicht Tote nennen, noch nicht – und schaute ihn eindringlich an. „Was ist zu tun?“

Was zu tun war?

„Ich habe die Küstenwache informiert.“ Jay blickte auf und in die Augen des Kapitäns, der ihm nun die Hand schüttelte. „Eddy Mayne. Freut mich, dass Sie an

Bord sind." Er neigte sich etwas näher zu ihm und raunte: „Das meine ich ernst. Ich würde mich freuen, wenn Sie die Sache möglichst schnell und reibungslos klären. Ausgerechnet jetzt schleicht hier jemand vom Qualitätsmanagement rum, wie ich gehört habe, also ..." Er lächelte mit dieser „Sie wissen, was ich meine"-Mimik, und obwohl Jay das nicht wusste, nickte er. Der Kapitän schien darüber ausreichend erleichtert. „Ja, ich bin so froh, dass Sie da sind", wiederholte er.

Tja, ich nicht, dachte Jay und lächelte gezwungen. „Ja. Fein, ja. Die Küstenwache ist also informiert. Wir bleiben alle ruhig und gehen die Sache an. Schön der Reihe nach."

Maggies Lippen zuckten, Jay beeilte sich, ihr zuvorzukommen. „Ich muss Sie alle bitten, das Schiff erst mal nicht zu verlassen und ..." Er sah sich mit gerunzelter Stirn um. „Wo ist Liv?"

Peters Mundwinkel zuckten. „Sie hat das Schiff verlassen."

Jay hob die Brauen.

„Mit dem Poolboy", ergänzte Maggie tonlos, und Zoey fügte hinzu: „Heute in der Früh. Er hat Mittagsschicht, deshalb wollten sie vorher noch zum Küstenknick bei Workington paddeln."

Wunderbar. Ja. „Aha, nun, sie wird wiederkommen, spätestens zur Mittagsschicht. Oder wir erreichen den Küstenknick vorher und gabeln sie dort auf." Er benötigte seine Protokollantin. „Alle anderen bleiben an Bord. Ich bin sicher, es gibt eine harmlose Erklärung für das Verschwinden. Vielleicht ist Tina K. Timpson auch auf einem Paddelausflug."

„Sie hasst das Meer." Diese Worte, leise, aber in ihrer Klarheit so irritierend, dass sie nicht zu überhören waren, kamen von Harley Hamilton. Jay starrte zu ihr herüber. Sie blickte ruhig zurück. Ihre braunen Augen waren tieftraurig.

„Wie bitte?"

„Sie hasst es. Sie würde niemals darin schwimmen oder einen Ausflug in einem kleineren Boot unternehmen. Dieses Schiff ist das höchste der Gefühle für sie und der kleine Pool an Deck das tiefste Gewässer, in das sie sich wagen würde. Also, wenn Sie glauben, dass Sie sie im Meer finden werden, dann ist sie da hineingestoßen worden und dann suchen Sie besser auf der Strecke, die hinter uns liegt, denn freiwillig wäre sie nie von Bord gegangen." Damit versagte ihr die Stimme, und sie sank auf einen Stuhl. Die Hand Alistair Kristons legte sich sogleich auf ihre Schulter, um sie zu tätscheln. Jay registrierte das mit einem flüchtigen Blick. Sehr verdächtig ...

„Tja, nun, danke für den Hinweis." Er wandte sich an den Kapitän. „Würden Sie bitte eine Durchsage machen, dass sich alle Schiffsgäste inklusive Personal im Speisesaal versammeln sollen und einstweilen hier bleiben? Und ..." Er blickte zu Maggie und Peter. „... wir werden ..."

„Zeugen befragen?" Maggie sah ihn eindringlich an. Ja richtig. Zeugen.

„Wer war die letzte Person, die Miss Timpson gesehen hat?"

Ihr Verlobter und ihr Leibwächter hoben die Hand, sahen sich an und senkten sie jeweils wieder.

„Ah, der Leibwächter“, sagte Jay. „Wie kommt es, dass Ihre Arbeitgeberin vor Ihren Augen verschwunden ist? Sollten Sie sie nicht rund um die Uhr bewachen?“

„Vor meinen Augen ist sie nicht verschwunden, denn nein, ich sollte sie nicht rund um die Uhr bewachen.“ Es war das erste Mal, dass Jay ihn sprechen hörte, und er bemühte sich, nicht beim Klang der Stimme zusammenzuzucken. Sie klang weich und sanft, wie die eines gemütlichen Teddybären.

„Wieso nicht?“, fragte Jay. War es nicht die Aufgabe von Leibwächtern, ständig ein Auge auf ihre Klienten zu haben?

„Sie hat ihm gestern Nacht freigegeben.“ Harley Hamilton machte es sich zur Aufgabe, Jay kontinuierlich mit ihren Einwürfen aus dem Konzept zu bringen. Er sah sie an. Sie strich sich ihre braunen Vordersträhnen glatt. „Sie gibt Robin immer frei, wenn die Partys losgehen. Ohnehin ist er eher mein Leibwächter als ihrer.“ Sie lachte traurig, Jay runzelte die Stirn, da fuhr sie bereits fort. „Tina sorgt sich nicht um ihre Sicherheit. Und an Partys noch weniger. Weil sie ihrer Meinung nach von allen geliebt wird und an so einem Abend jeder ihr Leibwächter ist. Und das stimmt.“

„Dass jeder ihr Leibwächter ist?“, hinterfragte Maggie skeptisch.

„Dass alle Welt sie liebt“, berichtigte Alistair Kriston. „Es gibt keinen Grund, davon auszugehen, jemand hätte ihr etwas Böses angetan.“

„Nun, auch Unfälle führen zu Tragödien“, erwiderte Jay und hoffte inständig, dass es sich in diesem Fall um nichts davon handelte. Einen bösen Scherz, der zweite Teil ihrer Showeinlage, bloß bitte nichts Ernstes.

„Halten Sie meine Verlobte für tot?“, fragte Alistair Kriston mit bebender Stimme – ob vor Wut oder Panik ließ sich nicht sagen.

„Niemals!“ Das war ihm etwas zu inbrünstig über die Lippen gekommen.

„Der DCI schließt lediglich nichts aus“, erklärte Maggie, die sich vermutlich eines Unfalltodes sicher war.

„Wie dem auch sei“, sagte Jay und nickte Alistair Kriston zu. „In dem Fall waren Sie der Letzte, der sie gesehen hat, und ich beginne meine Befragungen bei Ihnen.“

„Ah“, Maggie legte Jay die Hand auf die Schulter. „Deine Befragungsmethoden in Ehren, aber in diesem Fall halte ich es für sinnvoll, das Verhör nicht im großen Plenum abzuhalten.“

„Absolut“, stimmte Jay zu. „Wir gehen aufs Oberdeck. Eine Runde promenieren. Das hält den Geist fit.“

***

An dem Kerl war was faul. Eindeutig. Verlobte, die so wenig aus dem Häuschen waren, wenn die Frau, die sie liebten, als vermisst galt, womöglich durch einen Unfall im Meer ertrunken, oder, noch schlimmer, von Deck gestoßen – Jay mochte es sich gar nicht ausmalen –, solche Typen jedenfalls waren ihm suspekt. Alistair Kriston ging ruhig neben ihm, Maggie und Peter her und beantwortete alle Fragen, ohne mit der Wimper zu zucken. Einzig seine Finger taten es. Gelegentlich. Ganz kurz. Ansonsten jedoch überraschte er Jay mit jeder einzelnen Antwort. Dass er um zwei Uhr nachts die Kabine Tina K. Timpsons verlassen hatte, zum Beispiel. „Wir haben noch, Sie wissen schon, gevögelt, aber wir schlafen getrennt.“

Jay runzelte die Stirn.

„Weil Sie schnarchen?“, fragte Peter.

„Nein. Christina … Ich meine, Tina tut es.“

„Christina?“

Alistair Kriston schüttelte rasch den Kopf. „Vergessen Sie den Namen sofort, den nutzt niemand.“

Aha. Dann schrieb sie unter einem Pseudonym. Interessant. Jays Stirn zog tiefe Furchen.

„Ich weiß, ich weiß“, hörte er Alistair Kriston sagen, „einer so hübschen Frau traut man das nicht zu. Sie hat eine krumme Nasenscheidewand.“

Jay benötigte einen Moment, um den Faden wieder aufzunehmen. Der Kerl sprach vom Schnarchen. „Eine was?“ Jay winkte ab. Es war einerlei.

Der Verlobte sah aufs Meer hinaus. „Alles, was nach zwei Uhr geschehen ist, kann ich Ihnen nicht verraten, keine Ahnung. Ich bin zu Bett gegangen und nahm an, sie ebenfalls – zumindest habe ich nichts Gegensätzliches gehört. Meine Kabine befindet sich direkt neben ihrer, und ich habe einen recht leichten Schlaf.“ Wieder zuckten seine Finger. „Sie denken nicht, dass ein Verbrechen begangen wurde, oder? Sie taucht schon wieder auf, denken Sie.“ Jay antwortete nicht. Maggie sah aus, als wollte sie das dementieren, da sprach Alistair Kriston weiter. „Ich auch.“

Jay und Peter wechselten einen Blick, Maggie schürzte die Lippen.

„Meine Venus“, murmelte Alistair Kriston, „aus dem Schaum geboren. Die geht nicht unter. Ohne Schaum keine Venus, oder?“

„Wie bitte?“ Peter schien ebenso irritiert wie Jay über diesen Kerl.

„Nicht so wichtig, vergessen Sie's.“ Er sah Jay direkt ins Gesicht. „Es stimmt. Sie ist die Königin der Illusion. Alles ist bei ihr Show, sie ist eine Schauspielerin aus Leidenschaft. Also vielleicht spielt sie uns einen üblen Streich. Gesetzt den Fall allerdings, dass ihr etwas zugestoßen ist, knöpfen Sie sich mal diesen Typen vor, der in der grünen Latzhose rumrennt.“

„Rupert Paul?“, fragte Peter.

„Der Gärtner?“, entfuhr es Jay.

Maggie verdrehte die Augen.

„Ob er ein Gärtner ist, weiß ich nicht. Was ich sagen kann, ist, dass er mit Tina rumgetanzt hat und dabei zudringlich geworden ist. Er war sturzbetrunken und hat sie begrapscht. Ich bin dazwischengegangen oder Robin. Wir beide. Wer weiß, was später in der Nacht noch geschehen ist.“

„Sagten Sie nicht, Miss Timpson sei zu Bett gegangen, nachdem Sie …?“ Jay hüstelte.

„… gevögelt haben?“, beendete Maggie seine Frage eine Spur ironisch.

„Ja. Keine Ahnung. Ich vermute nur. Aber wenn ich einen Tipp abgeben sollte …“

„Sollen Sie nicht, danke“, unterbrach ihn Jay höflich. „Das wäre vorerst alles.“

Und obwohl Maggie es für unnötig hielt und sich Jay inzwischen von der Theorie des Mörders, der immer der Gärtner war, entfernt hatte, befragte er als nächstes den Gärtner.

***

„Ist das Ihr Ernst?" Rupert Paul saß mit einer Schüssel auf dem Schoß auf einer der Bänke – das Promenieren hatte in seinem Fall wenig Sinn. „Ich hab mit ihr getanzt? Kann mich nicht erinnern und entsprechend auch an sonst nichts." Er spuckte Galle in die Schüssel. „War sogar für mich eine üble Nummer gestern. Dieser Barkeeper hat ein Zeug zusammengemixt, das haut den festesten Trinker um."

Maggie sah Jay mit einem Blick an, aus dem der altkluge „Ich hab's dir ja gesagt"-Spruch übereindeutig hervorsprang.

„Hab nichts mitbekommen und in dem Zustand bestimmt nichts verbrochen."

„Och, würde ich nicht sagen", widersprach Peter mit einem Grinsen, das vermuten ließ, er nähme ihn nur auf den Arm. „Du könntest sie trotzdem aus Versehen in besagtem Zustand über Bord gekippt haben."

Rupert Paul erwiderte das Grinsen. „Alles ist möglich, ja klar."

Dem stimmte Jay zu. Aus irgendeinem Grund mochte er diesen Gärtner nicht. Aber das traf auf nahezu jeden zu, den er befragte, weil die Leute (und die aus Snugford sowieso) nun mal verdammt nervig wurden, wenn ein ungeklärtes Verbrechen im Raum stand – oder in der Kirche oder auf einem Schiff. Wobei er immer noch auf einen Fehlalarm hoffte, auf den segensreichen Moment, in dem Tina K. Timpson in ihrem Glitzerbikini aus dem Meer auftauchte und mit schallendem Gelächter rief: „Reingelegt."

Stattdessen ertönte in genau der Sekunde, in der er sich dieser Hoffnung hingab, ein gellender Schrei vom

Meer herüber – präzise vom Küstenknick bei Workington.

***

Eben dort, beim Workington South Pier Lighthouse,
hatte Liv die letzte halbe Stunde den Luxus genossen,
sich mit geschlossenen Augen in einem Paddelboot zu
sonnen. Über ihr der strahlend blaue Himmel, neben
ihr ein Kerl, der zum Anbeißen war und ihr in einem
fort Komplimente der süßesten Art machte, und unter
ihr das plätschernde Wasser. Liv schlug bei diesem Gedanken die Augen auf und rekelte sich. Wann war sie
das letzte Mal schwimmen gewesen?

„Ich glaube, ich kraule einmal zum Leuchtturm
rüber“, verkündete sie.

„Zum Leuchtturm?“, fragte Jamie schläfrig. „Wel-
cher ... Ach so.“

Er setzte sich auf. Die Eroina war ihrem Sichtfeld ent-
schwunden, da sie sich um den Küstenknick bei Workington hatten treiben lassen. Dafür war der städtische
Leuchtturm keine hundert Meter mehr entfernt. Er sah
nicht besonders schick aus, jedenfalls nicht im Vergleich zu dem *St Bees Lighthouse*, das ganz in der Nähe
von Whitehaven auf der Landzunge von St Bees Head
stand und das man von Snugford aus sehr schnell erreichte. Dafür machte die Landschaft hier einiges mehr
her. Entlang der Küste verlief ein wundervoller Kies-
strand. Die Gegend dahinter präsentierte sich flach und
wies ein Meer aus grünen Wiesen auf, zwischen denen
und dem Strand unzählige Radwege verliefen.

„Meinst du, die Strömung ist nicht etwas zu stark?", fragte Jamie.

Liv warf einen Blick zu den Wellen, die sich am Felsen brachen, auf dem der Leuchtturm stand, und stülpte die Zähne auf die Unterlippe. Ein guter Punkt. Es war hier, anders als in der Fleswick Bay, zwar sehr wohl möglich zu schwimmen, allerdings würde sie, die ja nicht mehr die Jüngste war, besser beraten sein, wenn sie es beim Herumplanschen um das Paddelboot belassen würde. Vor allem, weil heute dieser Tag des Schiffes war und alles, was auf dem Meer schwimmen konnte, scheinbar unterwegs war und einen gehörigen Wellengang verursachte.

„Na schön, dann schwimme ich eben nur bis zu dem Schlauchboot da vorne", befand sie und deutete auf das auf und ab wippende gelbe Boot, das sicherlich Eigentum irgendwelcher fahrlässiger Urlauber gewesen war. Die Irische See hatte vermutlich schon mehr herrenlose Schlauchboote verschluckt, als sie Fische im Wasser besaß.

„Tu, was du nicht lassen kannst", sagte Jamie und küsste sie aufs Schulterblatt.

Kurz fragte sie sich, ob sie bleiben sollte, aber das Meer lachte sie zu sehr an, und sie sehnte sich nach einer Erfrischung.

„Mach ich!" Sie ließ sich ins Wasser gleiten und lachte kurz und schrill auf, als es sie eisig umarmte. Entgegen ihrer Vermutung gewöhnte sie sich nach den ersten Schwimmzügen daran. Mein Gott, wie viel Zeit lag zurück, seit ein Sommer heiß genug gewesen war, um im Meer zu baden? Mit ihrem zweiten Ehemann war sie häufig schwimmen gewesen. Es waren sportliche Zeiten gewesen, romantische, wenn auch niemals so vollkommen wie vor einigen Monaten mit … Liv Oldstep unterbrach ihre Gedanken, als sie mit einem Mal erkannte, dass in dem Schlauchboot jemand liegen musste! Schlafend, denn der blasse Arm hing schlaff über den Rand des Bootes hinaus. Grob fahrlässig, befand Liv und schwamm hastig darauf zu.

„Hey, entschuldigen Sie, es ist nicht klug, hier draußen einzuschlafen. Sie sollten besser …" Ein eigenartiges Gefühl ergriff Liv, vielleicht eine dunkle Vorahnung, und nur deshalb umfasste sie mit beiden Händen den Rand des Schlauchboots und zog sich daran hoch. „Hey …"

Livs Warnung würde niemals ausgesprochen werden – sie begriff, dass in diesem Fall jede Warnung zu spät kam. Weil die Person in diesem Boot nicht schlief. Sie war tot.

Die Stimme versagte ihr. Stattdessen bahnte sich ein Röcheln seinen Weg aus ihrer Kehle. Beim Anblick der Toten schwindelte Liv, und sie krallte ihre rot lackierten Fingernägel in das Schlauchboot. *Nicht schon wieder!* Das war der erste Gedanke, der sich in ihr Bewusstsein stahl, als sie erkannte, dass dies kein Schauspiel, keine Maskerade, kein gelungener Auftritt war, sondern echt. Echtes Blut, das in der Sonne längst getrocknet war. Doch es bestand kein Zweifel, dass das spitze Ding im Hals der jungen Frau ihren Tod verursacht hatte. *Immerhin haben wir dieses Mal die Mordwaffe,* dachte Liv und erschrak über ihre eigenen, trockenen Gedanken. Dann überrannte sie der Schreck, und sie schrie gellend auf. Ihr Schrei hallte von den Küstenfelsen wider, schreckte Möwen auf und ließ Jamie in seinem Paddelboot hochfahren.

„Was ist?", rief er alarmiert, aber Liv war nicht in der Lage zu antworten. Sie starrte auf die Leiche in dem Boot, ihr Herz schlug bis zum Hals. „Liv, ist alles okay?"

„Nein", hauchte Liv. Nichts war okay.

„Ist da jemand drin?"

Ja. Sie drehte sich zu Jamie um und nickte. „Tina K. Timpson", flüsterte sie.

Part Zwei – Hit the nail on the head

Kapitel fünf

Nirgendwo auf der Welt ging es an einem Karnevalstag friedlicher zu als in Snugford. In Notting Hill versammelten sich Ende August vielleicht Tausende Menschen, um dieses Straßenfest ausufernd in Maske und Kostüm zu feiern. Hier in Maggies Heimatstädtchen sah man allenfalls ein paar verkleidete Kinder durch die Straßen laufen. Der kleine Finley gehörte dazu. Er hatte seine Ballonmütze, die er von seinem Großvater vermacht bekommen hatte, gegen einen Cowboyhut ausgetauscht und schoss mit der etwas krumm geratenen Möhre auf imaginäre Kühe.

„Peng, peng, lauft ihr Kühe, lauft!"

Maggie sah ihm schmunzelnd dabei zu, während sie in ihrem Garten saß und Beeren für eine Torte sortierte. Es war ein herrlicher Sommertag, und der Duft von Rosen hing in der Luft, vom Marktplatz drang geschäftliches Treiben an ihr Ohr, und ab und an hörte Maggie von der Hauptstraße her ein Auto. So ließ es sich leben. Seit ihr lieber Albert Stationschefarzt im St Mary's Hospital war, arbeitete sie nur noch in Teilzeit als Krankenschwester, was angenehm, aber zuweilen etwas öde war. Deshalb hatte sie sich angeboten, die Kinder derjenigen Eltern zu hüten, die beide hauptberuflich tätig waren. Oder im Falle von Mr

Odell alleinerziehend. Und das war eine famose Sache und brachte Abwechslung in ihr Leben.

„Finley, Cowboys schießen nicht auf Kühe, im Gegenteil, sie versorgen sie und treiben sie zusammen.“

Finley drehte sich zu Maggie um. „Mach ich doch. Ich schieße ja in die Luft.“ Cleverer Bursche, das musste ihm Maggie lassen. Er sah mit dem Grashalm im Mund und diesem Hut auf dem Kopf tatsächlich wie ein maßgeschneiderter Miniaturcowboy aus. Nun senkte er die Stimme. „Dafür könnte ich auf den kleinen Hund von Lady Mortimer schießen, oder? Falls er sein Häufchen in deinen Garten macht.“

Da lachte Maggie lauthals. „Iwo. Baron Mortimer macht keine Häufchen in fremde Gärten, dazu ist er viel zu reinlich und wohlerzogen.“

„Papa sagt, das ist nicht normal für Hunde. Die kacken sonst überall hin. Oops, jetzt hab ich ein böses Wort gesagt.“

Was ihm Maggie großzügig verzieh. Kinder, denen man zu viele Tabus auferlegte, würden sie irgendwann umso vehementer brechen.

„… wenn wir uns ranhalten, können wir noch genug Zuschauer organisieren, die unserem Spektakel beiwohnen. Los, erkundigen wir uns hier!“

Maggie horchte auf. Sekunden später folgte dieser eloquenten Kinderstimme der Auftritt zweier Mädchen am Gartentor, die eine mit langen, dunklen Haaren und in ihrem Prinzessinnenkleid überaus authentisch, die andere mit Brille und einem weitaus schlichteren Kostüm – vielleicht einfach der lange braune Rock ihrer Oma, der wie ein Kleid an ihrem süßen pummeligen Körper aussah.

„Hallo“, grüßte die Prinzessin, von der Maggie wusste, dass es die kleine Christina Scott war, die bei den Kristons aufwuchs. Ihre Eltern bereisten die Welt und kamen äußerst selten vorbei, um ihr Kind zu besuchen. Das arme Ding. „Wir suchen noch Zuschauer für unser Spektakel. Wir", Christina reckte den Hals in die Höhe, „haben das selber erfunden und aufgeschrieben. Also, Hanna hat geschrieben. Ich kann ja noch nicht schreiben." Hanna Kriston stand neben ihr und versteckte sich hinter ihrer Brille – was nicht ganz leicht war, weil sie ihre Augen so sehr vergrößerte. Sie sagte keinen Ton, nickte lediglich, derweil Christina fortfuhr. „Aber Aufführen und Erfinden, darin bin ich Meisterin."

Und sobald sie schreiben konnte, war sie vermutlich nicht mehr zu halten, mutmaßte Maggie grinsend.

„Also, kommt ihr zu unserem Spektakel?", hakte sie nach und posierte besonders einladend, warf den Kopf beim Lachen in den Nacken wie eine wahre Schauspielerin.

„Ja, klar", erwiderte Finley, ohne zu zögern, und die Augen aller drei Kinder funkelten um die Wette. Wie hätte Maggie da verneinen können? Es war ja außerdem Karneval und was Besonderes. Sie würde ein paar Kekse mitbringen und sich mit den anderen Eltern unterhalten. Wer weiß, was es alles Neues gab.

Wie sich herausstellte, lohnte es sich. Nicht nur wegen der Dorfgespräche. Die Geschichte, die diese Christina erfunden hatte und im Alleingang darstellte, war raffiniert und wirklich gut durchdacht. Und gut durchdachte Geschichten mochte Maggie noch mehr, als die Kinder hier in Snugford es taten.

Kapitel sechs

An Bord der Eroina, irgendwo in der Nähe von Snugford, heutzutage

Innerhalb von wenigen Stunden war aus einem Sommertraum ein Albtraum geworden. Auf der Eroina herrschte heilloses Durcheinander und Detective Chief Inspector Jay Jameson war am Boden zerstört, weil entgegen seinen innigsten Hoffnungen aus Tina K. Timpsons Vermisstenfall ein glasklarer Mordfall geworden war. Maggie hätte ihn ja bemitleidet, wenn ihr nicht diese Erinnerung im Kopf herum gespukt wäre, die sie vollkommen vereinnahmte; diese Erinnerung an ein kleines Mädchen im Prinzessinnenkleid. Wie sie nun über der Toten stand, die das Rettungsteam an Deck gebracht hatte, wie sie dastand und geistesabwesend die Hand der völlig aufgelösten Liv tätschelte, kehrte dieses Bild des kleinen Mädchens immer wieder zurück, spukte vor ihrem geistigen Auge herum. Christina Scott. Konnte sie Tina K. Timpson sein? Die Übereinstimmung im Verhalten war geradezu frappierend. Das Lachen, das Posieren, die raffinierten Ideen. Einer wie Christina Scott traute sie durchaus die Kriminalromane der Tina K. Timpson zu. Hinzu kam der Versprecher ihres Verlobten, der ausgerechnet Alistair Kriston war, der Bruder von Christinas damals bester Freundin Hanna. Ein ebenso unscheinbares Wesen wie ihre Verlegerin. Scheinbar suchte sich diese Frau immer Menschen als Vertraute aus, die sie in den Schatten stellen konnte. Es passte alles zu gut. Und wenn dem so war, dann handelte es sich bei ihrem Mordopfer um eine ehemalige Snugforderin – und zwar eine, die es faustdick hinter den Ohren gehabt hatte ...

War ihr makabrer Scherz vom Vorabend auf sie zurückgekommen?

Maggie sah zu Jay hinüber. Sie musste ihm dringend diese Vermutung mitteilen. Allerdings war der gerade mit ganz anderen Dingen beschäftigt. Jetzt, wo klar war, dass es sich hier um einen Mordfall handelte, stand die Eroina auf seine Anordnung hin still, will heißen, sie lag kurz vor Workington vor Anker. Niemand durfte das Schiff verlassen und außer dem Forensik-Team auch niemand an Bord kommen, bis der Fall gelöst wäre. Was den Guten maximal unter Druck setzte. Glück im Unglück, konnte man sagen, dass alle Mitglieder des selbst ernannten B&B-Mordclubs aus dem Lostopf gezogen worden waren. Gut, Jay würde das wahrscheinlich anders sehen und wünschte sich gewiss gerade nach Snugford zurück. Maggie hingegen war, so sehr sie der Mord an der jungen Frau schockierte, voller Tatendrang. Sie würde Jay und Liv schon aus ihrer einstweiligen Schockstarre rütteln – wobei es den Anschein hatte, als kümmerten sich darum bereits die hysterischen Mitglieder des TKT-Fanbuchclubs. Denn selbstverständlich waren sie außer Rand und Band, dieser dämliche Haufen, und Jay hatte alle

Hände voll zu tun. Handys wurden konfisziert, nachdem einige der Damen versucht hatten, ein Foto von der Leiche zu schießen. Das provisorische Absperrband, ein altes Schiffstau, nahm niemand ernst. Jays höfliche Worte wurden von Schluchzern und Seufzern übertönt, und erst als Peter ein klares, kurzes Machtwort sprach, zogen sich die Schaulustigen vom Tatort – dem an Deck gebrachten Schlauchboot – zurück. Es war eines jener Exemplare, die für Paddelausflüge wie Rettungsboote am Pierdeck angebracht hingen. Anders als jene waren diese Urlaubszerstreuer frei zugänglich – ein Fehler.

Nachdem der Mob fort war, herrschte so was wie Stille. Jay starrte auf die Tote im Boot, Maggie und Liv nickten einander zu, und sie traten neben Peter und den DCI.

Tina K. Timpson trug einen seidenen Morgenrock, der kurze Ärmel und einen noch kürzeren Rock vorzuweisen hatte. Im Grunde war es eher ein Wickelshirt, das die meisten Stellen an ihrem nackten Körper offenbarte. Auf den ersten Blick hätte nichts daran vermuten lassen, dass sie tot war. Einzig der spitze Gegenstand, der in ihrem Hals steckte, und das getrocknete Blut an selbigem, das aus der Wunde getropft war, ließen erkennen, dass sie ermordet worden sein musste. Von einem kopflosen Mörder, der die Tatwaffe einfach stecken ließ. Mit etwas Glück hafteten die Fingerabdrücke noch daran, was aus dem Fall eine schnelle Nummer machen würde.

Flüchtig schob sich das Bild der Witwe Moncreif vor Maggies geistiges Auge, denn das Ding im Hals der Toten glich ein bisschen ihrem Brieföffner. Es schüttelte sie immer noch bei der Erinnerung, dass Elinor ihn in Jays Brust gerammt hatte. Verrücktes Biest. Doch dieses Mordwerkzeug steckte nicht in der Brust, sondern seitlich im Hals, und dafür, wie tief die Wunde war, wunderte sich Maggie, wie wenig Blut sie hinterlassen hatte.

„Sieht mir nach Mord im Affekt aus", stellte sie nun fest, konnte die Augen nicht von dem Opfer wenden und wünschte sich gleichzeitig, sie würde es tun. Maggie war eben Maggie. Eine Macherin. Die verschloss die Augen nicht, wenn es Handlungsbedarf gab. „Hat jemand Handschuhe?"

Jay erwachte aus seiner Trance und sah sie an. „Nein. Aber das Forensik-Team mit Sicherheit. Bis es so weit ist, sollten wir besser nichts anrühren."

Oho, dieses Mal war er übermäßig vorsichtig. Verständlich, er hatte immerhin schlechte Erfahrungen mit seinen Tatorten gesammelt. Im ersten Fall, der Ermordung von Lyla Bloom im Teeladen, hatte er einen Teil der Tatwaffe bereits zu Beginn der Ermittlungen in Händen gehalten, ohne es zu wissen. Bei seinem zweiten wiederum war es ihm gelungen, ein wesentliches Beweismaterial zu verdecken – während die Forensiker den Tatort sicherten! –, weil er seine Finger nicht bei sich behalten konnte. Das war ihm wohl eine Lehre.

„Dann haben wir ja ausreichend Zeit, uns ihren schönen, toten Körper anzusehen." Liv warf Peter einen vorwurfsvollen Blick zu, und dieser hob die Hände. „Mit dem tiefsten Respekt davor. Und außerdem gibt es neben ihrem Körper noch andere Dinge zu entdecken." Er deutete auf etwas, das in der Ritze zwischen der Boden-

und Seitenkammer des Schlauchboots steckte. „Was zum Beispiel ist das da?“

Alle vier beäugten das Etwas, worauf er deutete, mit zusammengekniffenen Augen.

„Ein Schmetterling vielleicht?“, mutmaßte Liv beim Anblick des orangenen Dings und legte den Kopf schief.

„Wirkt eher wie ein Stück Leder“, widersprach Peter.

„In der Form eines Schmetterlings“, beharrte Liv. „So was wie ein Deko-“

„Es ist eine Schleife.“ Jay sagte das so bestimmt, dass Maggie verblüfft den Kopf zu ihm hinwandte.

Er fummelte etwas aus seiner Hosentasche, einer dieser langwierigen Prozesse, weil er eben eine Hand mit fünf linkischen Fingern besaß. Schließlich beförderte er einen etwa zwei Zoll kurzen Bleistift hervor und ging um das Boot herum – nicht ohne dabei das Absperrtau zu streifen und herunterzureißen. Kurz schien er mit sich zu ringen, ob er es aufheben sollte, ließ es jedoch bleiben. Es war ohnehin nicht sonderlich effektiv gewesen. Vergleichsweise geschickt stellte er sich dabei an, die angebliche Schleife mit dem Bleistift aus der Ritze zwischen den beiden Schlauchbootkammern zu pulen.

„Seht ihr, eine Schleife, und zwar, sehr richtig, Peter, aus Leder, und, ja, eine Art Dekoration, nämlich von einem Schuh. Womit wir es möglicherweise mit einer weiblichen Mörderin zu tun haben, denn es handelt sich um eine dieser Ballerina-Sandaletten.“

Drei Augenpaare starrten ihn an. Er blickte nachdenklich durch sie alle hindurch.

„Woher weißt du das?“, fragte Maggie mit dem Anflug von Anerkennung in der Stimme.

„Hm?" Er räusperte sich. „Ach so. Tja, nun, ich habe den Schuh erst gestern gesehen."

„Im Ernst?", entfuhr es Peter. „Und? Von wem ist er?"

Jays Miene wurde wehmütig. „Bedauerlicherweise habe ich nicht die Person gesehen, deren Fuß drinsteckte, nur den Schuh, ja, nun, weil ich …" Er winkte ab und strich sich das Haar zurück. Seit gestern fehlte ihm sein Haargummi, und natürlich hatte er an keinen Ersatz gedacht. „Ist nicht so wichtig. Entscheidend ist, dass wir eine Spur haben, der wir folgen können." Er sah fast feierlich in die Runde, den Bleistift in der Hand erhoben. „Den Schuhen der Gäste. Und zwar den weiblichen."

***

Jay verlagerte sein Gewicht vom linken aufs rechte Bein, strich sich das Haar zurück, akzeptierte die Tatsache, dass er vom Pech, oder genau genommen von Mordfällen, verfolgt wurde, und beschloss kurzerhand, dass er diesen in Rekordzeit lösen würde. Die Dinge standen immerhin ein bisschen besser als sonst. Es existierte ein Beweisstück, das die potenzielle Mörderin am Tatort hinterlassen hatte, ebenso wie die Mordwaffe, und mit etwas Glück würde die Forensik diesen Fall deshalb für ihn erledigen.

Bedauerlicherweise ein Trugschluss.

„Ah, DCI Jameson, Sie ziehen die Mordfälle an, was?"

Er sah auf und ließ seinen Bleistift sinken. „Hm, ja, sieht so aus. Tag, Mr …" Wie hieß der Knabe gleich?

„Simon Rodes", half ihm der Forensiker aus und betrachtete den Bleistift in Jays Hand. „Sie sind nicht wieder damit beschäftigt, Spuren am Tatort zu verwischen?"

Jay packte den Bleistift weg und strich sich über den Bart. „Nein, ich, nein. Wir haben lediglich festgestellt", er pulte den Bleistift wieder umständlich hervor und deutete auf die orangene Lederschleife, „dass die Mörderin eine Spur hinterlassen hat. Wobei ich hoffe, dass wir ihr gar nicht erst folgen müssen, weil Sie uns die Fingerabdrücke liefern. Erfreulicherweise wurde die Mordwaffe ... nun, im Körper gelassen." Was, wie Maggie richtig erkannt hatte, auf eine kopflose Affekthandlung hindeutete. Also eher kein Mord, sondern Totschlag. Ja.

„Da muss ich Sie enttäuschen, Detective Chief Inspector. Man kann natürlich nie wissen, nichtsdestoweniger ist schwer davon auszugehen, dass sich das Meer die Fingerabdrücke geholt hat. Ich nehme an, das Boot war im Wasser, als es gefunden wurde, oder?" Er wartete keine Antwort ab, spielte sich ein bisschen auf, während er weitersprach: „Das ist deutlich sichtbar und zudem, dass das Boot zeitweilig vom Wellengang mit Wasser bedeckt wurde. Die Haare der Toten sind feucht und es ist im Hinblick auf die Einstichstelle überraschend wenig Blut geflossen – will heißen, das Meer hat die Wunde bereits ausgespült, und ich bin überzeugt, auch sämtliche Fingerabdrücke dürften dabei verwischt worden sein. Aber wir prüfen das selbstredend." Er zwinkerte und schob Jay ein wenig beiseite. „Darf ich?"

Behandelte dieser Kerl ihn wie einen Vollidioten? Jay räusperte sich, doch selbst für den Fall, dass er die Worte parat gehabt hätte, mit denen er ihn gerne zurechtweisen würde, er war wie immer zu langsam.

„Oh, Mister Rodes, verhalten Sie sich Kollegen gegenüber immer so respektlos? Noch dazu, wenn sie im Rang über Ihnen stehen? Sie haben wohl vergessen, dass Sie mit dem ermittelnden Detective Chief Inspector dieses Falls sprechen.“

Jay drehte sich überrascht um. Zoey stand hinter dem herabgefallenen Absperrtau und lächelte so liebenswert wie immer, obwohl ihre Augen vom Weinen gerötet waren und sie außerdem gerade Mr Rodes zurechtgewiesen hatte. Seit wann war sie hier? Jay hatte angenommen, sie sei wie alle anderen Passagiere im Speisesaal, denn dorthin hatte sie sich freundlicherweise bereit erklärt (leider zusammen mit Finley) alle zu lotsen, damit sie hier an Deck ihre Ruhe hatten. Nun bemühte er sich, nicht zu sehr darüber zu strahlen, dass sie zurückgekehrt war – zu ihm, während Finley im Speisesaal die Stellung hielt. Am liebsten hätte er sie in diesem Moment vor versammelter Mannschaft geküsst.

Der Forensiker blickte sie irritiert an. „Und Sie sind?“

„Teil des Ermittlerteams. Ich wollte dem DCI lediglich mitteilen, dass der Kapitän seine Kajüte zu Befragungszwecken zur Verfügung stellen möchte.“ Sie zwinkerte Jay zu und dieser erwiderte es – vermutlich etwas unbeholfen, weil er selten zwinkerte.

„Aha. Da das so ist, bitte ich den DCI höflichst um Entschuldigung.“ Simon Rodes grinste spöttisch. Was Jay überging und sich den wesentlichen Dingen widmete –

er hatte sich schließlich vorgenommen, diesen Fall so schnell wie möglich zu lösen, und Zoeys Anwesenheit befeuerte das umso mehr. Er wandte sich mit einem besonders warmen Lächeln an sie. „Danke, sag ihm, dass wir die Kajüte gerne in Anspruch nehmen." An die anderen gerichtet erklärte er: „Schön und gut, so wie die Dinge stehen, sollten wir als nächstes herausfinden, wem die blauen Ballerinas mit dem fehlenden Schleifchen gehören, und widmen uns den Verhören." Idealerweise gleich mit der Besitzerin der blauen Schuhe …

„Oh, wow, das ist mal innovativ." Simon Rodes unterbrach ihn mit seinem Pfiff durch die Zähne. Fasziniert hielt er einen spitzen, sehr schmalen Gegenstand in der Hand, den er offenbar soeben aus dem Hals der Toten gezogen hatte. Ehe Jay seine Unkenntnis offenbaren konnte, erklärte der Forensiker: „Mit einer Feile ist zuletzt die Kaiserin von Österreich ermordet worden, was? Und ob es eine Nagelfeile war, bezweifle ich."

Eine Nagelfeile?

„Wie man sieht, ist sie aus robustem, rostfreiem Edelstahl – unkaputtbar, wie die Werbung verrät." Er lachte, bemerkte Jays verständnislose Miene und fragte: „Sehen Sie kein fern? Das ist das neueste Produkt von Yves Rocher. Testsieger Nummer eins und dauerhaft in der Werbung."

„Das stimmt", pflichtete ihm Liv bei, „ich habe auch überlegt, mir eine zuzulegen, aber sie ist sündhaft teuer – für eine Nagelfeile."

Maggie nickte. „Vor allem, wenn es die, die man besitzt, genauso gut tut."

Jay und Peter tauschten einen Blick und schwiegen. Peter fand das Gespräch vermutlich amüsant, Jay eher geschmacklos. Immerhin hielt dieser Kerl eine Mordwaffe in der Hand – eine robuste Nagelfeile. In der Tat wurde mit dem Testsieger Nummer Eins nicht alle Tage jemand ermordet. Deshalb ging er umso mehr davon aus, dass es kein geplanter Mord gewesen sein konnte. Da gab es wirklich sinnvollere Waffen. Simon Rodes ließ unterdessen das Beweisstück in die Tüte gleiten, die ihm sein Kollege hinhielt. Jays Hirn arbeitete auf Hochtouren.

„Wieso ist das Boot so nah am Ufer gewesen?", überlegte er laut. „Hätte es nicht aufs Meer hinaustreiben müssen?"

Peter deutete aufs Meer. In einiger Entfernung schipperten Motorboote vorüber, die das von Finley angekündigte Wettrennen bestritten. „Wahrscheinlich liegt das am Seegang. Die motorisierten Boote, die bereits seit den frühen Morgenstunden hier lang brausen, haben es bestimmt wieder zurückgedrängt."

Jay nickte nachdenklich. Ob sich Finley aus dem Bett geschält hatte, um wie behauptet dem Spektakel beizuwohnen und dabei zufällig Zeuge eines Mordes zu werden? Völliger Blödsinn, dann hätte er das ja längst erzählt.

„Können Sie uns den ungefähren Todeszeitpunkt nennen?", wandte er sich an den Forensiker.

Simon Rodes zuckte mit den Achseln und holte ein Fieberthermometer aus seiner Tasche. „Kann ich schon, aber Sie wissen, dass das eine ungenaue Messung wird."

Jay nickte. Es ging ihm um einen Richtwert.

„Warum ist es eine ungenaue Messung?", erkundigte sich Peter neugierig.

„Nun, weil …“ Doch Jay kam nicht dazu, eine Erklärung abzuliefern, Simon Rodes fühlte sich viel zu wohl im Rampenlicht. Vermutlich hatte er selten so viel Publikum bei seiner Arbeit. „Wenn ein Mensch stirbt, hält sich seine Körpertemperatur noch etwa zwei oder drei Stunden. Anschließend sinkt sie um circa einen halben bis eineinhalb Grad pro Stunde.“ Das Thermometer fing zu piepen an und er betrachtete das Display. „Ja. Bei ihrer Körpertemperatur tippe ich auf einen Todeszeitraum zwischen ein und zwei Uhr nachts. Zu bedenken ist allerdings, dass bei solchen Angaben Umgebung, Lage, Kleidung et cetera pp. berücksichtigt werden müssen.“

Richtig, um zwei Uhr nachts war sie nachweislich noch am Leben gewesen, zumindest laut Angaben ihres Verlobten, der sie um diese Uhrzeit in ihrer Kabine zurückgelassen hatte.

„Bedenkt man folglich, dass es Nacht war und sie in einem Schlauchboot auf dem Meer getrieben ist“, murmelte Jay mehr zu sich selbst als den anderen.

„Und sie sehr leicht bis gar nicht bekleidet ist“, fügte Peter hinzu.

„Dürfte der Todeszeitpunkt eher später eingetreten sein, da ihre Temperatur unter solchen Umständen schneller abgefallen ist – Sie haben es erkannt, und genau deshalb ist die Angabe ungenau.“ Simon Rodes grinste und Jay seufzte.

„Nun, ich nehme an, Sie werden mittels der Messung ihrer Genaktivität einen genauen Zeitpunkt ermitteln können“, sagte er. „Da wir uns an Bord eines Schiffes befinden, möchte ich Sie bitten, mich telefonisch über die Ergebnisse Ihrer Untersuchungen in Kenntnis zu setzen." Er fing Maggies Blick auf und seufzte noch einmal – innerlich. Sie war eine wirklich clevere Frau, umso mehr kränkte es ihn zuweilen, wie offensichtlich überrascht sie davon war, wenn er so klang, als verstünde er tatsächlich etwas von seinem Beruf. Dabei tat er das. Wirklich. Er verzettelte sich nur ab und an ...

Nicht heute. Nicht in diesem Fall.

„Fein. Dann lassen wir Sie hier mal weitermachen, und wir sollten uns die Kabine von Miss Timpson vornehmen. Ich gehe davon aus, dass sie dort ermordet wurde – zumindest muss sie sich darin befunden haben, als Alistair Kriston sie um zwei Uhr nachts nach dem ... Beischlaf verlassen hat."

Liv griff sich an die Brust. „Ob er sie getötet hat?"

Jay würde es nicht ausschließen, hielt sich jedoch mit vorschnellen Schlüssen zurück. Aus Fehlern lernte man. Meistens. „Das gilt es festzustellen. Gehen wir mal in die Kabine."

Liv hielt ihn am Arm fest. „Weißt du, die arme Frau zu finden, hat mir für heute gereicht, ich muss nicht auch noch den blutüberströmten Tatort inspizieren."

„Ich bezweifele, dass er das ist, die Täterin hat sicher ihre Spuren verwischt", warf Maggie ein, allein Liv wedelte mit der Hand. „Einerlei. Ich will es nicht darauf ankommen lassen. Die Nagelfeile hat sie immerhin auch stecken lassen." Sie schüttelte sich. „Stattdessen könnte ich mich unauffällig nach den Schuhen unserer Gäste umsehen. Ich schlage vor, dass wir nicht an die große Glocke hängen, dass wir dieses Schleifchen gefunden haben. So ist die Mörderin – sollte es eine Frau sein – nicht vorgewarnt."

Ein kluger und begrüßenswerter Vorschlag. Jay nickte. „Ich überlasse dir in diesem Punkt gerne die Untersuchungen." Liv konnte äußerst diskret sein, das wusste er. Die machte das schon. Er räusperte sich und wandte sich an Peter und Maggie. „Wir drei sehen uns mal die Kabine an. Und überprüfen dabei gleich, ob die Nagelfeile aus Miss Timpsons Kosmetiktäschchen fehlt."

***

Tja. Sie fehlte nicht. Das stellte Jay zehn Minuten später nach Durchsuchung der Kabine der Erfolgsautorin fest – plus, dass ihre Nagelfeile exakt so aussah wie die, mit der sie ermordet worden war.

Peter trat neben ihn an den Frisiertisch. „Verrückt, dieser Testsieger befindet sich scheinbar in jeder Kosmetiktasche."

Jay furchte die Stirn. Bislang war er von einer Streitsituation ausgegangen, in deren Verlauf die Täterin aus Wut nach dem ersten gefährlichen Gegenstand gegriffen hatte, den sie finden konnte – eine herumliegende Nagelfeile – und damit zustach. Da sich nun aber Tina K. Timpsons Nagelfeile an Ort und Stelle befand, hatte dann die Täterin ihre eigene Nagelfeile gezückt – trug man so etwas immer mit sich herum?

„Vielleicht wurde sie gar nicht in ihrer Kabine ermordet." Immerhin war sich Alistair Kriston nicht sicher gewesen, ob seine Verlobte tatsächlich zu Bett gegangen war. Was, wenn sie sich noch einmal an Deck begeben hatte, um zu feiern oder …

„Doch, davon würde ich ausgehen", sagte Maggie.

Jay wandte sich zu ihr um und folgte ihrem Fingerzeig. Der Boden in der Kabine war verdächtig sauber, als hätten die Reinigungskräfte sich ihrer bereits angenommen. Unmöglich, hier Spuren von Blut zu finden, aber auf Maggies Augen war Verlass. Jay und Peter beugten sich über das Fußende des Bettes. Auf dem Bettbezug waren übereindeutig Blutspritzer zu erkennen – die Täterin musste sie beim Verwischen der Spuren übersehen haben. Allein: Wie hatte sie die Autorin von hier nach oben und ins Schlauchboot bekommen? Hatte sie Hilfe? Einen Mittäter oder eine Mittäterin? Musste man folglich doch von einem geplanten Mord ausgehen? Und wann hatte die Täterin – oder die Täterinnen – sie ins Boot geschafft? Es musste sehr spät in der Nacht gewesen sein, lange nach der Party. Es sei denn, er würde Zeugen unter den Passagieren finden. Wobei die in dem Fall längst geredet hätten. Herrje. Es war mal wieder verzwickt.

„Tja, nun", Jay fuhr sich mit der Hand übers Gesicht, „dann informiere ich mal Simon Rodes."

***

Derweil jener mit seinem Kollegen den eindeutig gewordenen Schauplatz des Mordes – oder Totschlags – untersuchte, stand Jay grübelnd vor der Kabine.

„Sollen wir jetzt sämtliche Kosmetiktaschen der Passagiere durchsuchen? Das dürfte eine langwierige Geschichte werden." Und musste er seine Meinung zurücknehmen und davon ausgehen, dass die Mörderin vorsätzlich gehandelt hatte und bereits mit Nagelfeile bewaffnet in Tina K. Timpsons Kabine gekommen war? Wer hätte einen Grund gehabt, sie zu töten? Bis vor wenigen Stunden hatte es den Anschein gehabt, als sei sie die beliebteste Person auf dem Erdball. Und ganz ehrlich: Für einen geplanten Mord könnte man zweckdienlichere Werkzeuge nutzen. Gift zum Beispiel, oder …

„Wisst ihr, es gibt Leute, die tragen ihr Kosmetiktäschchen immer mit sich herum." Peter glaubte ebenso wenig wie Jay an einen ausgeklügelten Plan.

„Ach ja?", fragte Jay. „Zufällig auch jemand hier an Bord?"

„Zufällig ja." Maggie schob die Lippen vor. „Iris von Lockspridge."

Richtig, jetzt, wo sie es sagte, fiel es Jay wieder ein. Erst zwei Tage zuvor hatte er sie damit an der Cocktailbar sitzen sehen.

„Gehen wir zu ihr." Maggie war wie immer sehr schnell in Beschlüssen, und ehe Jay erfragen konnte, welchen Grund denn bitte die Baronin haben sollte, Miss Timpson zu töten, fanden sie sich im Speisesaal, um jene heraus zu zitieren. Wer war hier vorschnell?

Wie zu erwarten, reagierte Baronin von Lockspridge empört. Schon auf dem Weg zur Kajüte des Kapitäns, die sich am anderen Ende des Flurs befand, beschwerte sie sich und blieb stehen. „Wie bitte? Sie untersuchen die Kosmetiktaschen nach einer Nagelfeile, und wer die nicht hat, ist die Täterin?" Sie ließ ein hohes Schnauben vernehmen. „Was, wenn die Mörderin zwei davon hatte? Oder man ohne so was reist, wie ich zum Beispiel?"

Ein Blick auf ihre perfekt gepflegten Fingernägel ließ diese Behauptung unwahrscheinlich werden.

„Hübsche Nägel hast du da, Iris", stellte Maggie prompt fest.

„Was? Jetzt hör aber auf! Ich habe überhaupt keinen Grund, diese alberne Person zu töten!"

„Na ja, gestern Nacht warst du zumindest nur halb so angetan wie der Rest der Damenschaft von Tina K. Timpsons Auftakt." Peter blickte sie ungerührt an. „Und hast du nicht Bürgermeister Wolverton bestochen, dass er deinen Namen aus dem Lostopf fischt?"

Baronin von Lockspridges Augen weiteten sich. „Woher ...?" Sie strich sich eine Strähne aus dem Gesicht und reckte das Kinn vor, ihre Augen vermieden den Blickkontakt zu Jay. „Das war nicht nötig. Mein Name war zu dem Zeitpunkt längst gezogen, und überhaupt, was hat das damit zu tun?"

„Ist so deine Masche, was? Mir scheint, du wolltest ziemlich dringend auf dieses Schiff. Hast du eine Rechnung offen?" Maggies Augen bohrten sich in die der Baronin.

„Was?", kreischte diese. „So ein Unsinn! Es gab keinen Grund für mich, diese Frau zu töten. Ich kann mir generell keinen Grund denken, warum eine Frau töten sollte, wir sind ein so feines Geschlecht."

Da hatte erst vor wenigen Monaten eine Bekannte von ihr das Gegenteil bewiesen und außerdem ...

„Dem würde ich widersprechen. Frauen sind sogar streng genommen die häufigeren Mörderinnen." Die leicht larmoyante Stimme Harley Hamiltons wehte zu ihnen herüber. Alle vier wandten die Köpfe zu ihr herum, und sie hob entschuldigend die Hände. „Ich musste mal eben, und Miss Bloom hat mich zu den Toiletten begleitet. Da habe ich Sie gehört." Jay konnte nicht umhin, das mit Wohlwollen zu vernehmen. Zoey achtete wirklich ausgezeichnet darauf, dass sich während der Ermittlungen niemand allein herumdrückte. Harley Hamilton sah zu Iris von Lockspridge hinüber. „Und als, nun, Verlegerin von Kriminalliteratur weiß ich Tausende Gründe für Frauen, zu morden. Schwere Kränkungen, Verrat, Demütigungen, psychische und physische Misshandlungen, suchen Sie sich was aus." Sie lächelte traurig, ehe sie eine Entschuldigung murmelte und wieder Richtung Speisesalon huschte. Jay runzelte die Stirn. Das schied in Baronin von Lockspridges Fall wohl alles aus, sie kannte die Autorin ja nicht.

„Na, Iris, wäre da eventuell etwas für dich dabei?", erkundigte sich Maggie mit einem seltsamen Lächeln.

„Wie bitte? Wie kommst du denn darauf? Ich habe diese Frau schließlich noch nie in meinem Leben getroffen."

„Bist du dir sicher?"

Jay blickte Maggie stirnrunzelnd an, Peter hob eine Augenbraue. Beide hatten nicht den blassesten Schimmer, worauf Maggie hinauswollte. Sie war clever, ja, das hier war trotzdem ein wenig an den Haaren herbeigezogen. Welche Kränkung oder dergleichen sollte die Baronin bitte durch Tina K. Timpson erlitten haben? Doch Iris von Lockspridge erbleichte und fing an zu stammeln. „Also ... Das ist Jahre her ... und ... Wieso sollte ich ...?"

Jays Stirn straffte sich über den aufgerissenen Augen. „Sie kennen Tina K. Timpson? Woher?"

Die Baronin senkte den Blick und sprach zum Boden. „Ja, also, irgendwie schon ..."

„Tina K. Timpson stammt aus Snugford“, erklärte Maggie kurz und knapp. Jay machte noch größere Augen. Das hätte sie ja ruhig mal erwähnen können.

„Echt?“, fragte Peter. „Das wüsste ich aber.“

„Das weißt du auch. Oder hast du die kleine Christina Scott vergessen?“

Peter riss den Mund auf. „Nein! Tina K. Timpson ist Christina Scott?“

Maggie nickte. Womit nun offenbar alle im Bilde waren außer Jay. Wie immer. Er seufzte. „Baronin von Lockspridge, wussten Sie, dass Miss Timpson besagte Miss Scott ist?“

Die Baronin nickte ergeben.

„Und hat es in Ihrer Vergangenheit ein Ereignis gegeben, das Grund für Sie wäre, Rache oder etwas Vergleichbares an der Frau zu nehmen?“

Die Baronin sah Maggie an, Worte kamen ihr nicht über die Lippen.

„Ich wüsste da eins“, erklärte Maggie, und alle drei sahen sie an.

Kapitel sieben

Snugford, ziemlich genau zur Jahrtausendwende

Silvester. Eines der Feste, die Maggie besonders liebte. Es versprach, eine Menge zu passieren – einmal im Jahr, im beschaulichen Snugford, in dem die Menschen noch mehr Wert auf höfliche Etikette legten als auf der restlichen Insel, wo sonntags das gesamte Dorf geschlossen die Kirche aufsuchte und jedes Gespräch mit einer kurzen Wetterprognose begann. Mit einem derart öden Alltag konnte man sich folglich darauf verlassen, dass sich an dreihundertvierundsechzig Tagen im Jahr so gut wie nichts ereignete. Silvester bot dagegen eine erfreuliche Ausnahme, und Maggie hätte es beinahe als ihr Lieblingsereignis bezeichnet. Sofern Albert frei oder zumindest keine Spätschicht hatte und sie den Tag gemeinsam verbringen konnten. Was bedauerlicherweise selten der Fall war. Zwar hatte er sich als Oberarzt freigenommen, es käme dennoch einem Wunder gleich, wenn an diesem hochgefährlichen Fest nicht irgendein Trottel verunfallte und der Oberarzt doch – und meist noch vor Null Uhr – gerufen werden musste. Für den Augenblick konnten sie sich der Illusion hingeben, die heutigen Abenteuer zusammen zu erleben, wo dieses Silvester ein besonders ereignisreiches zu werden versprach. Nicht nur, dass sich ein neues Jahrtausend ankündigte und angeblich die halbe Wirtschaft, das Banksystem, ja, selbst Atomkraftwerke aufgrund der prognostizierten Computerabstürze zusammenklappen würden, nein, das war noch nicht alles! Es sollte außerdem ein besonderer Tag für eine geschätzte Mitbewohnerin werden: Iris von Lockspridge wollte ihren dreißigsten Geburtstag in ganz großem Stil feiern. Der halbe Ort war deshalb seit Tagen mit Vorbereitungen beschäftigt. Es sollte ein gigantisches Bankett geben, zu dem jeder Haushalt eine Spezialität beisteuerte – das bedeutete ein Festessen, das selbst die drei Weihnachtsfeiertage noch überbot! Maggie verpackte soeben ihr berühmtes Lamm in Mintsoße, derweil sich Albert bereits seinen Mantel übergeworfen und den Schal im Schottenmuster umgebunden hatte. Halb Snugford verachtete ihn dafür insgeheim, denn mit den Schotten wollten sie nun mal nicht verwechselt werden, zollte ihm als sonst rechtschaffenen Bürger allerdings trotzdem weiterhin Respekt. Lachhaft, fand Maggie und wunderte sich immer wieder über bestimmte Verschrobenheiten in diesem Nest.

„Sind wir so weit, Darling?", rief er nun, und Maggie schmunzelte in sich hinein. Sie liebte ihn, weiß Gott, sogar über die Maßen, aber hätte er einfach mal eben mit angepackt, wären sie schon längst aus der Tür hinaus. „Gleich, das Essen verpackt sich nicht von selbst."

Er streckte die Nase zur Küchentür hinein. „Wirklich nicht? Wenn ich das gewusst hätte." Er zwinkerte, und sie konnte nicht anders, als zu lachen, verschloss den Wärmebehälter und war so weit.

Zehn Minuten später – Maggie gehörte nicht zu den Frauen, die sich besonders auftakelten – verließen sie ihr altes Landhaus und traten auf die verschneite Straße hinaus.

Der Schnee wirbelte in feinen Flocken durch die Luft. Snugford sah aus, als habe ein riesenhafter Bäcker es einmal mit Puderzucker bestäubt, und Maggie kuschelte sich in ihren Mantel und lächelte wie ein kleines Kind. An Weihnachten hatten sie die letzten Jahre nie Schnee gehabt, dafür schaffte er es umso häufiger zu Silvester, sich gegen den Regen durchzusetzen. Sie spazierten über den Marktplatz auf dessen Zentrum zu, wo sonst die Marktstände standen und den sie alle den Dorfplatz nannten. Vor zwei Tagen waren jene vertrieben und an ihrer statt ein riesenhaftes Zelt aufgestellt worden, in dem sich die Feiernden zusammenfanden, um Iris ein besonderes Event zu bieten. Und das würde es werden.

„Maggie, Albert, wartet auf uns!" Die flötende Stimme ihrer besten Freundin Liv ließ Maggie stehen bleiben und sich zu ihr umwenden. Sie sah wie immer großartig aus. Tänzelte in einem roten, sehr figurbetonten Mantel neben ihrem zweiten Ehemann Robert her, ihr blondes Haar quoll unter einer Baskenmütze hervor, und die Lippen leuchteten so rot wie ihr Mantel. Die beiden hatten im Sommer erst geheiratet und gebärdeten sich entsprechend noch ein bisschen frisch verliebt, obwohl sie Ende dreißig waren und Maggie über so was stehen würde. Liv flog allenfalls über so was, im immerwährenden siebten Himmel, und Robert war als Fotograf ein klein wenig unkonventioneller als Livs erster Gatte – der ein etwas zugeknöpfter, aber liebenswerter Zahnarzt gewesen war. Robert passte im Grunde besser zu Liv, mit seinem breiten Grinsen und dem Männerdutt auf dem Kopf.

„Ist das nicht aufregend?", rief Liv und deutete auf das Zelt. „Ich muss sagen, ich habe nicht das Geringste gegen Iris' große Party, die die immer gleiche Messe von Father

Custom ersetzt. Auch wenn er eine wunderbare Stimme hat, gegen einen Opernsänger, und noch dazu den Opernsänger schlechthin, kommt er nicht an."

Mit dem Opernsänger schlechthin war Giovanni Aspera gemeint, der anlässlich von Iris' Geburtstag seine Tournee um einen Tag verlängerte und einen Abstecher in das unbedeutendste Örtchen Cumbrias machte. Das allein war schon eine verdammt große Ehre, denn gewiss hatte er nicht mal gewusst, dass es existierte. Das eigentliche Highlight bestand darin, dass er darüber hinaus mit einer ausgelosten Person aus der Kantate Carmina Burana von Carl Orff zusammen singen würde. Dieses Event hatte sich Eric, Iris' Göttergatte, ausgedacht, der als Unternehmer Connections überall auf der Welt besaß. Natürlich war für alle Snugforder – inklusive Iris – klar, wessen Name aus dem Lostopf gezogen werden würde: der des Geburtstagskindes. Deshalb befanden sich ausschließlich Zettel mit ihrem Namen darin, und man hörte sie seit Wochen üben. Vermutlich waren ihre direkten Nachbarn insgeheim froh, dass dies heute Abend rum sein würde.

„Ich bin zwar kein so Riesenfan von Giovanni Aspera wie Iris, ich liebe jedoch die Carmina Burana. Da wummert das Herz mit, wenn Fortune Blanco live gesungen wird." Sie trippelte ihnen voran ins Festzelt, um enttäuscht festzustellen, dass die besten Plätze bereits besetzt waren. „Macht nichts", sagte sie und rutschte in die vorletzte Sitzreihe. „Wir müssen ihn ja vor allem hören. Und die Hauptattraktion ist Iris, da will ich nicht mit ihr in Konkurrenz treten."

Jeder wusste, dass Iris, so sehr sie sich um ein strahlendes Äußeres bemühte, neben Liv erblassen musste – und das, obwohl die ein paar Jahre älter war.

Allerdings sah es nicht so aus, als würde sie das am heutigen Abend zulassen. Zum Klang der ersten verfrühten Feuerwerkskörper betrat die junge Baronin das Zelt. Sie trug ein dem Wetter nicht ganz angepasstes schillerndes Kleid, das sie wie eine Discokugel aussehen ließ. Die Haare waren zu einem komplizierten Konstrukt hochgesteckt, zu dem man ihre Friseurin beglückwünschen konnte – es war die kleine Lovflat gewesen, die gerade erst ihr Praktikum im Friseursalon absolvierte, aber eine gewisse Begabung für innovative Frisuren bewies. Von allen Seiten hagelte es Glückwünsche, als Iris durch den Mittelgang zu ihrem Ehrenplatz ging. Ein Ständchen wurde angestimmt, sie strahlte bis über beide Ohren, und es war eindeutig, dass dies ihr großer Abend werden würde.

Berauschend, beflügelnd, bewegend!

So wurde Giovanni Aspera vom neuen Bürgermeister, Mr Wolverton, angekündigt. Er machte diesem Zuspruch alle Ehre. Er sang, das musste selbst Maggie zugeben, tatsächlich so, dass einem das Herz in der Brust bebte.

Und dann kam der große Augenblick. Der, in dem ihm der Zylinder gereicht wurde, damit er den Namen der glücklichen Person ziehen konnte, die mit ihm Fortune Blanco singen durfte. Diesen Namen, der ungefähr zwanzig Mal im Hut steckte.

Giovanni Aspera verstand es jedoch, eine brillante Show daraus zu machen. Wie ein Zauberer mit gewichtigen Gesten spielte er sich auf, sodass man sich tatsächlich dabei ertappte, wie man gespannt den Atem anhielt.

„Und so darf ich an meiner Seite begrüßen …“ Er entfaltete den Zettel, glättete ihn und öffnete den Mund zu seinem berühmten Einatmen vor dem ersten Ton. Iris erhob sich mit

glühenden Wangen und war schon halb auf der Bühne. „Christina Scott!"

Ein überraschtes Oha erfüllte das Festzelt. Livs Hand fuhr zur Brust, Maggie runzelte die Stirn. Christina Scott sprang übers ganze Gesicht grinsend auf und ging einer Prominenten gleich zur Bühne, auf der Iris wie ein begossener Pudel stand. Ihr Lächeln entgleiste. Sie starrte das Mädchen fassungslos an, und dieses tanzte an ihr vorüber die Treppchen hinauf, ohne sie eines Blickes zu würdigen, und direkt in Giovanni Asperas ausgestreckte Arme hinein.

„Wow", rief dieser, „mit dir habe ich die Ehre, zu singen? Du bist ein bisschen jung, oder?"

„Jung, schön und hochbegabt", erklärte Christina zwinkernd und erntete dafür einige Lacher – nur nicht von Iris, die immer noch wie zur Salzsäule erstarrt dastand, während die kleine Scott ungeniert mit Iris' großem Idol flirtete.

„Jung, schön und hochbegabt!" Giovanni Aspera lachte und nickte.

„Und gerissen", hörte Maggie hinter sich Alistair Kriston beeindruckt sagen. „Hätte nicht gedacht, dass sie es durchzieht und die Namen alle austauscht."

Sein Kumpel, der ihm nie von der Seite wich, grunzte amüsiert.

„Was denkst du denn? Es ist Christina", raunte Alistairs Schwester Hanna. „Der einzige Star hier in Snugford."

Daran konnte auch eine aufgetakelte Baronin von Lockspridge nichts ändern. Eines war in diesem Moment allen klar: Dieser Geburtstag war gelaufen – und das Jahr Zweitausend konnte Iris den Buckel runterrutschen.

Kapitel acht

An Bord der Eroina, heutzutage

Baronin von Lockspridge saß mit fest aufeinandergepressten Lippen auf ihrem Stuhl in der Kajüte des Kapitäns, wohin sie sich begeben hatten, um Maggies Erzählungen zu lauschen. Jay staunte nicht schlecht, vor allem aber wurde ihm diese Tina K. Timpson alias Christina Scott immer unsympathischer.

Nun seufzte die Baronin. „Na schön, herzlichen Dank für das Wiederbeleben dieser verjährten Geschichte. Und so spannend und wortgewandt wiedergegeben. Du solltest Geschichtenerzählerin werden." Sie lachte kurz auf. „Und jetzt willst du mir aufgrund meiner fehlenden Nagelfeile einen Mord aus Rache anhängen? Ich bitte dich. Meine Nägel habe ich gestern bei der Bordmaniküre machen lassen, Sie können das Mädchen gerne fragen, sie durfte das Schiff ja auch nicht verlassen." Sie sah hilfesuchend zu Jay. „Detective Chief Inspector, Sie nehmen das nicht ernst, oder? Das ist Jahre her, und ich bin keine nachtragende Person."

Jay öffnete den Mund, doch Maggie kam ihm zuvor: „Ich weiß nicht, ob ich das so nennen würde, denn seit diesem Ereignis hast du nie wieder deinen Geburtstag gefeiert."

Baronin von Lockspridge schüttelte den Kopf. „Weil man aus dem Alter nun mal irgendwann raus ist, oder? Man wird älter, und das Bedürfnis, die zunehmenden Falten zu feiern, verliert sich. Und was Tina K. Timpson angeht: Ich habe ihr verziehen. Was nicht heißt, dass ich sie mag. Dafür ihre Bücher, das muss man ihr lassen. Sie schreibt verdammt gut, und diese Meinung habe ich auch nicht verloren, als ich rausfand, wer sie ist.“

„Wann genau war das?“, erkundigte sich Jay, der noch die neuesten Erkenntnisse verdaute.

Baronin von Lockspridge zuckte mit den Schultern. „Ist noch nicht so lange her, mein Lieber. Vielleicht vor einem Jahr. Es hat mich nicht davon abgehalten, ihren aktuellen Roman vorzubestellen.“ Sie hob einen Finger. „Ich kann Ihnen ja meine Bestellliste auf meinem Reader zeigen, Sie werden sehen ...“

„Nein, nein, danke, nicht nötig.“ Jay winkte ab. „Mich interessiert viel mehr, ob Sie zum Tatzeitpunkt ein Alibi haben ...“ Er runzelte die Stirn, als ihm bewusst wurde, dass er keinen genauen Zeitpunkt nennen konnte. „Also, nun, für die ganze Nacht am besten.“

Die Baronin schürzte die Lippen. „Schön. Ich war bei der Lesung, danach etwas trinken an der Bar, das war so gegen elf. Ich habe mich noch ein bisschen mit diesen Damen vom Buchclub unterhalten, meine Güte waren die überdreht, und davon ausreichend bedient, bin ich gegen zwei Uhr in der Nacht ins Bett gegangen. Dort habe ich dann noch mit meinem Mann gechattet, eine beträchtliche Weile, bis, keine Ahnung.“ Sie zückte ihr Handy, um den Chatverlauf zu prüfen. Einen Vorteil hatten diese Dinger: Alibis konnten verifiziert werden.

„Ah ja, meine letzte Nachricht habe ich um vier Uhr neun abgeschickt. So." Sie beendete ihre Rede mit einem vorgereckten Kinn. „Ich bin sicher, es hat zu jeder Zeit irgendwen gegeben, der meine Anwesenheit bestätigen kann. Ich würde sagen, mir kann nichts nachgewiesen werden." Damit erhob sie sich, Jay wies sie zur Tür und schenkte ihr ein höfliches Lächeln, unter dem sie erleichtert aufseufzte – womit sie ihn missverstand, denn noch sprach er sie nicht frei, er war nur nett, allerdings hielt er sie auch nicht wirklich für schuldig. Kränkung hin oder her, sie war zu ... Nun ja, etepetete für einen Mord, bei dem das Blut spritzte. Und wie sollte sie bitte die Leiche ins Boot geschleppt haben?

Als sie in den Flur hinausgetreten war, drehte sie sich noch einmal um. „In einem Punkt stimme ich dennoch zu. Die Nagelfeile ist ein Frauenwerkzeug, also suchen Sie auf jeden Fall richtig, wenn Sie eine Frau im Verdacht haben. Womöglich hat es einen Streit gegeben, den jemand bezeugen kann?" Sie hob ihren Finger. „Denken Sie beim Befragen der Leute daran." Damit ging sie hoch erhobenen Hauptes den Flur entlang und wäre dabei beinahe mit Finley und Alistair Kriston – schon wieder ein Toilettengänger – zusammengestoßen. Er fing Jays Blick auf und wandte ihn rasch wieder ab. Tja. Iris von Lockspridge mochte recht haben, was die Frau als Tatverdächtige anging, aber etwas an dem Kerl war und blieb faul ...

Jay wandte sich zu Maggie und Peter um. „Tja, nun, das war interessant, doch ..."

„… höchstwahrscheinlich irrelevant“, stimmte Maggie zu. Klang sie verärgert? „Vielleicht hat Liv ja etwas bezüglich der Schuhe herausgefunden und erspart uns damit weitere Verhöre.“

***

Zum Zeitpunkt dieser Aussage wäre Liv vermutlich geneigt, diese Hoffnung bedauernd zu verneinen, hätte sie sich nicht in einer dezent prekären Lage befunden. Und das im wahrsten Sinne des Wortes, nämlich unterm Bett des Fotografen Bobby Greens.

Himmel, was treibe ich hier, dachte sie und sah Bobbys Schuhen – keine blauen Ballerinas – dabei zu, wie sie durch die Kabine schlurften. Ja, was trieb sie hier?

Eigentlich hatte ihre Suche vollkommen adäquat und problemlos begonnen, nämlich im Speisesalon, wo sich alle Passagiere versammelten und von Zoey und Finley bei Laune gehalten wurden. Die beiden machten ihren Job recht gut – vielleicht hatte Finley sie ja alle unter Drogen gesetzt, oder die beiden hatten ihren besonderen Tee serviert. Zoey fand Livs Blick, als diese eintrat, und kam prompt auf sie zu. „Und? Wie ist der Stand?“

Liv klärte sie wispernd über ihr Vorhaben, unauffällig herauszufinden, wer in Besitz der blauen Ballerinas ohne Schleife war, auf. „Ich möchte hier nicht herumlaufen und überoffensichtlich die Schuhe inspizieren“, sagte sie und konnte es trotzdem nicht lassen, bereits einen flüchtigen Blick unter die Tische zu werfen. „Nur für den Fall, dass die Besitzerin sie gerade nicht trägt und durch eine solche Aktion gewarnt wäre.“

Zoey nickte und biss sich überlegend auf die Unterlippe. „Das haben wir gleich", sagte sie und klatschte laut in die Hände. „Alle mal herhören, ich bitte um Ruhe."

Beeindruckend, wie schnell die Leute auf sie hörten.

„Dies ist Mrs Oldstep, die Kriminalassistentin von Detective Chief Inspector Jameson. Sie benötigt für die bevorstehenden Befragungen die Namen von jedem von Ihnen und wird sie deshalb nun zu Protokoll nehmen. Damit wir das schnell und ohne Chaos bewerkstelligen, bitte ich jeden, einzeln vorzutreten, laut seinen Namen zu nennen und sich wieder zu setzen. Einverstanden? Wir beginnen bei Ihnen, wie heißen Sie?"

Rupert Paul sah sie verständnislos an. „Sie wissen, wie ich heiße, was soll ..."

„Steh einfach auf, Rupert, und geh den Leuten als gutes Beispiel voran", unterbrach ihn Liv liebenswürdig, derweil sie ihren Schreibblock zückte. Wenn schon, dann richtig.

„Oh, wir haben eine Passagierliste, die kann ich Ihnen gerne aushändigen."

Liv ließ ihren Blick zum Kapitän gleiten und dabei keine Sekunde hervorblitzen, dass sie ihn für das Vereiteln ihres Plans am liebsten erdolchen würde. „Ach, wie praktisch, danke, die nehme ich gerne zum Abgleich. Für die Untersuchungen in diesem Fall ist es dennoch wichtig, dass ich ein Gesicht zu dem Namen vor Augen habe. Also?" Sie sah wieder Rupert an, der sich immer noch nicht rührte. Sturer Bock. Neben ihm seufzte Father Abernathy, erhob sich und trat in die Raummitte. „Benedict Abernathy." Er nickte Liv zu, die seinen Namen notierte und zurücklächelte. Er trug Lacklederschuhe.

Dem Priester folgten nach und nach die anderen Gäste, nannten ihre Namen und präsentierten dabei unwissentlich ihre Schuhe. Pumps, Ledersandalen, Sneakers – von allem etwas, bloß keine Ballerinas. Hatte die Mörderin sich ihrer bereits entledigt? Sie ins Meer geworfen? Oder simpler einfach mehrere Paar Schuhe dabei?

„Ich danke Ihnen. Wo ist das Bordpersonal?", hörte sie sich mechanisch den Kapitän fragen.

„Alle hier, bis auf diejenigen im Dienst. Das Reinigungspersonal habe ich vorhin losgeschickt."

„Wieso denn das?", entfuhr es Liv. Sie befanden sich an einem Mordschauplatz, und er schickte die Leute zum Putzen?

„Qualität, meine Liebe, stirbt nie", erklärte er seltsam salbungsvoll, und Liv schwante Übles. Maggies kleine Notlüge zog wohl noch ihre Kreise.

„Ja, aber in Anbetracht einer Toten leider schon, das hatte der DCI klipp und klar gesagt. Nichts, auf dem ganzen Schiff, wird verändert." Sie steckte ihr Blöckchen weg und sagte im Hinausgehen: „Dann werde ich mit denen mal reden."

Sie zu finden, war nicht schwer, sie folgte lediglich dem Geräusch eines Staubsaugers, und zwar geradewegs in den VIP-Flur. Die anderen hatten selbigen bereits verlassen, um, laut Zoey, Iris von Lockspridge zu verhören – höchst lächerlich und mit Sicherheit eine kalte Spur. Iris mochte aufregende Geschichten lieben, sie begehen, das stand auf einer anderen Karte!

Liv blieb stehen. Tina K. Timpsons Kabine war abgesperrt. Zumindest daran hatten sich die Reinigungskräfte gehalten – sie machten einen Bogen um den Raum. Anders als Liv, die sich als Kriminalassistentin berechtigt sah, ihn zu betreten – dankenswerterweise hatte Maggie recht behalten und nichts ließ auf ein Massaker schließen. Liv beschloss folglich, das Gepäck der Autorin nach blauen Ballerinaschuhen abzusuchen. Selbstverständlich wurde sie nicht fündig. Sie verließ den Tatort und stellte fest, dass die Türen der anderen Kabinen weit aufstanden. Vom Personal fehlte jede Spur, doch drang ihr Gelächter von Deck zu ihr hinab. Liv nahm an, dass sie sich eine Raucherpause genehmigten. Flüchtig zögerte sie, ehe sie das tat, was jede ambitionierte Kriminalassistentin tun würde: Sie brach eine kleine Regel und stahl sich in die nächste Kabine. Sie gehörte zweifellos einem Mann, allem Anschein nach Alistair Kriston, denn sie erkannte den Anzug vom Vorabend. Ballerinaschuhe besaß er nicht. Dasselbe galt für die Kabine daneben, ebenfalls die eines Mannes, und selbst in Harley Hamiltons Unterkunft fand sie kein Ersatzpaar Schuhe. Sie war definitiv sehr viel bescheidener als ihre Autorin, die mindestens zehn Paar dabeigehabt hatte.

Die letzte Kabine war die dieses unsäglichen Fotografen, Bobby Green, und eigentlich hätte sie sich sparen können, überhaupt erst einzutreten. Die Männer hätte sie generell von der Liste streichen können. Liv seufzte – und stutzte. Ein Geräusch, das sich mit den näherkommenden Stimmen der Reinigungskräfte mischte und in einen Fluch überging, warnte sie vor. Sie sollte sich eher nicht dabei erwischen lassen, wie sie unbefugt in den privaten Kabinen der Passagiere herumschnüffelte – das war selbst für eine Kriminalassistentin tabu. Die Stimmen wurden lauter, kamen direkt auf sie zu. Liv sparte sich den ängstlichen Blick in den Flur, sie wusste, dass jemand zu ihr unterwegs war, und sah sich hastig um. Keine Möglichkeiten, sich zu verstecken, außer ... Liv hörte Schritte in unmittelbarer Nähe und handelte, ohne nachzudenken. Sie ließ sich zu Boden sinken und schob sich behände unter das Bett.

Sekunden später trat eine Frau ein. Sie trug tatsächlich Schlüpfschuhe, die Ähnlichkeit mit Ballerinas vorwiesen, allerdings in Schwarz und ohne Schleife. Sie summte fröhlich vor sich hin, ehe das Geräusch vom Staubsauger verschluckt wurde. Liv spannte sich an, als sich der Kopf dieses Reinigungsgeräts unter das Bett schob. Sie wich zurück, inständig hoffend, nicht getroffen und entdeckt zu werden, und quetschte sich gegen die Bordwand. Etwas drückte ihr ins Kreuz und sie fuhr mit der Hand dorthin, um es zur Seite zu schieben – und staunte. Langsam zog sie den Gegenstand hinter ihrem Rücken hervor und starrte ihn an. Es war ein Schuh. Ein blauer Ballerina mit orangener Schleife. Liv atmete überrascht ein und aus. Ihre Hand suchte weiter und tatsächlich: Sie fand auch den zweiten Schuh. Ohne Schleife. War das zu fassen? Manchmal schien das Schicksal es wirklich gut mit ihr zu meinen! Was suchten die Schuhe einer Frau unterm Bett des Fotografen der Ermordeten? Sie gehörten wohl kaum ihm. Wollte ihm jemand den Mord anhängen? Wer? Wie war die Person in diese Kabine gelangt? Diese Frage beantwortete sich in Anbetracht der Tatsache, auf welchem Weg Liv es hineingeschafft hatte, vielleicht von selbst. Aber wer um alles in der Welt würde die Schuhe hier reinschmuggeln und warum? Und war der Mörderin aufgefallen, dass die Schleife fehlte, und sie hatte daher den Schuh loswerden wollen, oder war es eine geplante Sache mit der Absicht, Bobby Green zu belasten?

Liv stöhnte innerlich auf. Etwas war faul auf dem Luxusdampfer Eroina ... Herrje, jetzt fing sie schon an wie Jay-Jay! Mit dem sie sich dessen ungeachtet dringend beraten musste, sobald die Luft rein wäre. Das Geräusch des Staubsaugers war inzwischen verklungen und ein vorsichtiges Linsen durch den Raum ließ zumindest keine Schuhe mehr erkennen. Doch gerade, als sie sich unter dem Bett hervorhieven wollte, hörte sie die aufgebrachte Stimme Bobbys, der wenige Augenblicke später in seine Kabine platzte.

„Ja, ja, ich habe die Erlaubnis des Kapitäns, hier zu sein. Ich benötige dringend meine Schmerztabletten. Da kann ich nicht warten, bis sich dieser angebliche Detective dazu entschließt, uns auf unsere Kabinen zu entlassen.“

Er rauschte hinein, seine Schuhe flitzten zum Bett, und er durchsuchte allem Anschein nach seine darauf liegende Reisetasche.

„Na bitte“, hörte Liv ihn seufzen, und er ließ sich aufs Bett sinken – eine verhängnisvolle Sache, denn der Hängerost gab so sehr nach, dass Liv fürchtete, er würde sie zerquetschen, und daher entfuhr ihr ein leiser Schreckensschrei, den sie nicht mehr zurückhalten konnte. Totenstille folgte diesem Laut. Langsam, ganz langsam schob Bobby Green seine Schuhe gegeneinander und erhob sich. Einen Herzschlag später erschien sein Gesicht zwischen Fußboden und Bettrahmen. Überrascht riss er die Augen auf und Livs Herz sank in den Hosenrock.

„Was suchen Sie unter meinem Bett?" Zu ihrem Entsetzen schien er es ihr nicht sonderlich übel zu nehmen. Stattdessen breitete sich ein schiefes Grinsen auf seinem Gesicht aus. „War Ihre Abfuhr von gestern etwa gar keine?"

Liv überging diese alberne Vermutung und schob ihm die Damenschuhe entgegen. „Ich suche die hier", erklärte sie und rollte sich seitlich unter dem Bett hervor, rappelte sich auf und versuchte, durch ein besonders souveränes Lächeln den Eindruck zu erwecken, sie hätte eine Berechtigung, das unter seinem Bett zu tun.

„Es wird immer interessanter. Wie kommen Ihre Schuhe unter mein Bett?"

„Das sind nicht meine", erwiderte Liv.

„Tja, meine auch nicht."

„Davon bin ich ausgegangen. Mutmaßlich sind es die der Mörderin von Miss Timpson." Er hob eine Augenbraue. Liv fuhr rasch fort. „Was mich zu der Frage bringt, wie sie hierhergekommen sind. Macht Sie dieser Fund zum Mittäter oder einem unschuldigen Opfer?"

Jetzt schwand das Grinsen aus seinem Gesicht und wich Empörung. „Wie bitte? Sie halten mich für verdächtig? Das schlägt dem Fass den Boden aus! Ich ..."

„Langsam, mein Lieber, ich stelle nur Fragen. Im Auftrag des angeblichen Detectives", sie warf ihm einen tadelnden Blick für diese Bezeichnung zu, „und zu dem ich Sie nun bitten möchte, mich zu begleiten."

***

Jay schob sich die Haare hinter die Ohren und lächelte Bobby Green an. Ja, der war ihm von Anfang an nicht geheuer gewesen, an dem war was faul.

Er saß vor ihm am Tisch des Kapitäns und löffelte Honig aus einem Glas – das er aus dem Speisesaal mitgehen lassen hatte, wie er ohne Scheu erklärte. „Honig beruhigt die Nerven."

„Sie kamen mir bislang nicht wie jemand mit schwachen Nerven vor", sagte Jay, woraufhin sein Gegenüber mit den Schultern zuckte. „Mag sein. Wenn man des Mordes beschuldigt wird, ändert sich das. Außerdem wirkt der Honig vorbeugend. Ich habe einen aufregenden Job."

„Weil Sie für Miss Timpson gearbeitet haben?"

„Weil ich für alle möglichen wichtigen Persönlichkeiten arbeite", präzisierte der Fotograf. „Ich bin ein sehr gefragter Mann. Meine Fotos kitzeln das gewisse Etwas aus den Leuten heraus. Nicht, dass das in Tinas Fall nötig gewesen wäre." Er steckte den Löffel ins Honigglas. Sachte sank dieser darin ab. „Womit wir beim Thema wären. Diese Schuhe gehören mir nicht, und ich habe auch nicht die geringste Ahnung, wie sie in meine Kabine geraten sind. Ich kenne die Person nicht, der sie gehören, und habe sie nicht an mich genommen, um jemanden zu decken. Wichtig zu wissen wäre", er blickte ebenso gewichtig in die Runde, „dass ich heute Morgen sehr früh wach war, um den Sonnenaufgang zu fotografieren. Dabei habe ich die Kabinentür unverschlossen gelassen. So hatte der wahre Täter leichtes Spiel, die

Schuhe rein zu schmuggeln. Denn ich habe Tina natürlich nicht ermordet. Wie könnte ich mein ertragreichstes Model töten?" Er nahm den Löffel wieder aus dem Glas und schleckte ihn ab. Jay beobachtete ihn dabei, wie er vollkommen unbekümmert blieb, und fand ihn überaus verdächtig, doch er musste zugeben, dass es keinen Sinn ergab, dass Bobby Green der Täter war. Trotzdem erfragte er vorsichtshalber sein Alibi in der Mordnacht, weil Alibis, nun, die vergaß er zuweilen.

„Mein Alibi ist felsenfest, da können Sie sicher sein. Ich war so ziemlich der Letzte, der die Party verlassen hat, und habe die gesamte Nacht durchgeknipst. Es waren ein paar ansehnliche Models zugegen." Er schenkte Liv ein Grinsen, das unerwidert blieb. „So gegen zwanzig nach drei in der Nacht habe ich mich vom Barkeeper verabschiedet und bin in meine Kabine."

„Augenblick mal, Sie sind um zwanzig nach drei in Ihre Kabine und zum Sonnenaufgang wieder auf den Beinen gewesen?", hinterfragte Liv. „Benötigen Sie keinen Schlaf?"

Bobby Green grinste. „Ich bin erfolgreicher Powernapper. Haben Sie schon mal von da Vincis polyphasischem Schlafmuster gehört? Das wende ich erfolgreich an. Ich benötige pro Nacht schlappe eineinhalb Stunden Schlaf."

Liv sah skeptisch aus, Jay fand es bemerkenswert. „Das können Sie mir bei Gelegenheit mal beibringen", erklärte er, „wenn ich Ihr Alibi überprüft habe."

„Das dürfte kein Problem werden. Ich kann nämlich nicht nur mit einer lebenden Person aufwarten, die mir meine Unschuld bestätigt, sondern auch mit der Uhrzeit auf den Fotos, die ich geschossen habe." Er schleckte erneut genüsslich an seinem Honiglöffel.

Jay schürzte nachdenklich die Lippen. „Die Fotos … ja." Er schaute ihn direkt an. „Könnten wir die vielleicht einsehen?"

Das Grinsen schwand aus dem Gesicht des Fotografen. „Wieso denn das?"

„Weil die Frau, deren Schuhe Mrs Oldstep in Ihrer Kabine gefunden hat, sie auf den Fotos womöglich noch trägt", übernahm es Maggie, für Jay zu antworten, und er nickte zustimmend. Sie konnte wirklich Gedanken lesen. Oder sie war von allein draufgekommen. Was wahrscheinlicher war.

„Oh", Bobby Green gab einen Pfiff von sich, „clever, sehr clever. Was springt für mich heraus, dass ich Ihnen mit Beweismaterial bei den Ermittlungen helfe?"

„Es springt für Sie heraus, dass Sie nicht wegen Behinderung in einem Mordfall eine Geldstrafe erhalten", blaffte ihn Maggie an, und Jay hüstelte. Sie ging mal wieder fabelhaft in ihrer Rolle als böser Cop auf.

Bobby Green gelang es, aus einem leichten Zusammenzucken ein Schulterzucken zu machen. „Meinetwegen, wir können die Fotos zusammen durchgehen. Aber versprechen Sie sich nicht zu viel. Ich mache selten Ganzkörperfotos, und in Bodennähe verirrt sich meine Kamera noch seltener."

Eine Behauptung, die kurz darauf leider Beweis wurde, denn es fand sich auf den bestimmt über hundert Bildern kein einziges, das erkennbar das Schuhwerk der abgebildeten Personen festhielt. Jay seufzte. Natürlich wurde es ihm nicht zu leicht gemacht.

„Tja, nun, danke. Bevor ich Sie entlasse, haben Sie eine Ahnung, wer Zugang zu Ihrer Kabine gehabt haben könnte? Oder gibt es jemanden, dem Sie gestatten …?“

„Nein.“ Der Fotograf grinste schon wieder. „Wie man an Mrs Oldstep gesehen hat, ist das Putzpersonal schlampig genug, um ein Eindringen in die Kabinen bestens möglich zu machen. So was nennt sich Luxusdampfer.“ Er schnalzte mit der Zunge. „Das soll sich mal diese Person notieren, die hier angeblich vom Qualitätsmanagement rumschleicht.“

Maggie räusperte sich und nickte. „In der Tat eine Vernachlässigung, die den Fall erschwert.“

Bobby Green streifte seinen Löffel am Honigglas ab. „So ist es. Sind wir dann mit mir durch?“

Jay nickte schicksalsergeben. Leider ja, und leider, ohne weitergekommen zu sein. Bobby Green stand auf.

„Sie sollten sich entspannen. Weit kann der Mörder nicht sein.“ Man hätte meinen können, eine solche Tatsache würde einen Mann beunruhigen, der Bursche hingegen verhielt sich ekelerregend abgebrüht. „Ich kann Ihnen diesen Honig zum Entspannen empfehlen. Sehr gute Qualität – und ich kenne mich aus. Ich bin ein Honigbär. So nennt … hat Tina mich immer genannt.“ Immerhin erzitterte für eine Millisekunde seine Lippe, als ihm bewusst wurde, dass sie nicht mehr unter den Lebenden weilte. Es war allerdings nicht dieses Zittern, das Jay stutzig machte, sondern die Worte. Honigbär. Tina K. Timpsons Telefongespräch am Abend vor der Lesung kam ihm wieder in den Sinn. Sie hatte die Person am anderen Ende der Leitung „mein

Honigbär" genannt, daran erinnerte er sich mit Bestimmtheit und auch daran, dass er sich über die laszive Art der Unterhaltung gewundert hatte.

„Gibt es noch andere Koseworte, die sie für Sie hatte?", fragte er provokant, erntete ein Stirnrunzeln von Peter und einen fragenden Blick des Fotografen. „Wie meinen?"

Jay lächelte höflich. „Mir fiel eine gewisse Vertrautheit zwischen Ihnen auf. Waren Sie gegebenenfalls mehr als Arbeitgeberin und Arbeitnehmer?"

Bobby Green gluckste. „Klar, waren wir das. Aber nicht, was Sie denken. Sie war verlobt." Es klang so ironisch, dass man es geradezu anzweifeln musste. „Wobei ich keinen Hehl daraus mache, dass Alistair Kriston und ich nicht gerade beste Freunde sind. Haben Sie den eigentlich nach einem Alibi gefragt? Ich habe irgendwann mal gelesen, dass achtzig Prozent aller Morde durch den Liebhaber oder die Liebhaberin begangen werden."

Tja. Das hatte er ebenfalls gelesen. War Quatsch und Statistiken immer ungenau. Sie wurden zu einem bestimmten Zweck aufgestellt und meist im Voraus verfälscht – durch Suggestion der Frage und, und, und. Jay hielt nichts von ihnen, und bislang hatten sich die achtzig Prozent bei seinen Fällen nicht bestätigt.

„Ja, danke, der DCI kennt seinen Job", erwiderte Liv minimal gereizt und deutete zur Tür, durch die Bobby Green mit dem größten Vergnügen in den Flur trat. „Was für ein nerviger Schwätzer." Sie sah Jay an. „Du hast doch nach dem Alibi von Mr Kriston gefragt?"

Jay nickte langsam. Hatte er nicht, sondern dieser hatte ihm erzählt, er sei nach seinem geschlechtlichen

Umgang mit Miss Timpson zu Bett gegangen – dummerweise würde das niemand bestätigen können außer der Toten. Und damit war sein Alibi recht dürftig – und hatte Bobby Green ihnen nicht eben ein Motiv geliefert? Selbst für den Fall, dass Tina K. Timpson und ihr Fotograf kein Verhältnis miteinander gehabt hatten, so könnte ihr tändelndes Verhalten einem Verlobten durchaus aufgestoßen sein. Was, wenn er und Miss Timpson keinen Geschlechtsverkehr, sondern einen Streit gehabt hatten? Wenn er dabei ausgerastet war und sie im Affekt erstochen hatte? Die Nagelfeile als Mordwerkzeug mochte auf eine Frau hindeuten, dass Männer sich die Nägel feilten, verstand sich gleichwohl von selbst. Demnach besaßen auch sie solche Kosmetikartikel. Gut, sie trugen sie nicht unbedingt in der Hosentasche herum, aber wer weiß ... Blieben die Schuhe. Die passten nicht in dieses Bild. Dennoch konnte vermutlich niemand bestätigen, dass Mr Kriston tatsächlich zu Bett gegangen war ...

„... hörst du überhaupt zu, Jay-Jay?“

Jay zuckte zusammen und sah Liv an. „Hm?“

Diese lächelte begütigend. „Mein Lieber, du bist wieder voll in deinem Schussel-Element. Es ist bald Abend und wir können die Leute nicht ewig im Speisesaal hocken lassen. Wir haben daher gerade überlegt, wie und wo wir bei unserer Befragung weiter machen.“

„Ah. Ja. Bei Alistair Kriston.“

Liv blinzelte verdutzt. „Ich dachte, du hast sein Alibi gecheckt.“

„Es ist nur leider nicht wasserdicht.“ Und an dem Kerl war sowieso was faul.

***

Im Speisesaal erwartete sie ein kleiner Aufstand. Mittelpunkt desselben war zu Jays Überraschung Mrs Nelson, die im hitzigen Gespräch mit Alistair Kriston war und allem Anschein nach in der Defensive.

„Das ist Verleumdung, und überhaupt haben Sie nicht das Recht, mich zu beschuldigen." Sie entdeckte das eintretende Ermittlerteam, und höchstwahrscheinlich wusste sie nicht, ob sie erleichtert oder alarmiert sein sollte – immerhin war sie schon einmal fälschlicherweise von Jay verdächtigt worden. Sie entschied sich im letzten Moment für Ersteres und ging ihnen entgegen. „Dem Himmel sei Dank, dass Sie hier sind. Ich werde aufs Schärfste von diesem trauernden Verlobten beschuldigt, dabei ist alles, was er sagt, gelogen!"

„Ganz sicher nicht", widersprach Alistair Kriston. „Ich habe Sie beim Verlassen von Tinas Kabine gesehen, Sie kamen mit hochrotem Kopf durch den Flur gestapft." Er wandte sich ebenfalls Jay zu. „Als ich vorhin auf dem Flur aufgeschnappt habe, dass Tinas Ermordung eine Streitsituation vorangegangen sein könnte, fiel es mir wie Schuppen von den Augen! Diese Frau sah so wütend aus, dass es mit Sicherheit einen Streit gegeben hat. Geben Sie es zu. Warum haben Sie gestritten?"

„Überhaupt nichts gebe ich zu! Eine Lüge ist das, ich war überhaupt nicht dort!"

Jay sah von der einen zum anderen und seufzte. „Wo waren Sie nicht?", fragte er langsam.

„In der Kabine von dieser Timpson."

„Vielleicht nicht in der Kabine, aber auf jeden Fall im Flur." Wieder einmal wurde Jay überrumpelt, als Liv

114

nun vortrat und Mrs Nelson scharf musterte. „Wir sind uns begegnet, erinnerst du dich? So gegen zwei Uhr. Du kamst von den VIP-Unterkünften, zu denen wir uns verirrt hatten, und in der Tat warst du ein bisschen durch den Wind.“

Mrs Nelson erbleichte. „Ja, weil ich … Ich habe …“ Sie sah sich im Saal um, alle Augen schienen auf ihr zu ruhen – von Andys abgesehen, der spielte seelenruhig mit dem Tafelsilber. Jay stöhnte innerlich. Es hatte fast den Anschein, als seien auch hier auf dem Schiff die Snugforder Hauptverdächtige in diesem Fall!

„Ich schlage vor, wir führen dieses Gespräch in der Kajüte des Kapitäns weiter“, befand Maggie und Jay nickte. Ja, eine gute Idee. „Wenn Sie uns bitte begleiten würden, Mrs Nelson?“

Dankenswerterweise erklärte sich Zoey sofort bereit, auf den kleinen Andy zu achten. Jay lächelte ihr dankbar zu, ein wenig zu lang, ehe er Alistair Kriston ins Auge fasste. „Und Sie halten bitte den Ball flach und sich selbst bereit, denn ich habe noch ein paar Fragen an Sie.“ Der Kerl war ihm ein wenig zu sehr damit beschäftigt, andere zu beschuldigen – ausgerechnet die guten Snugforder. Wie kam es, dass sie sich selbst außerhalb ihres beschaulichen Ortes eines Verbrechens verdächtig machten? War am Ende überhaupt nicht Jay der vom Pech Verfolgte, sondern die Bewohner Snugfords? Im Hinausgehen bemerkte er den verstörten Blick Father Abernathys. Ja, der hatte sich seinen Amtsantritt mit Sicherheit anders vorgestellt. Willkommen im Club.

In der Kajüte des Kapitäns sank Mrs Nelson ermattet auf einen Stuhl. „Das ist ein Albtraum. Ich wünschte,

Robbie wäre hier." Sie sah hoch. „Ich habe mich nicht mit dieser Frau gestritten. Verstörenderweise habe ich zwar ein Motiv, aber ich habe mich nicht gestritten, das wäre ..."

Jay hob irritiert eine Hand. „Wie bitte? Sie haben ein Motiv?"

„Verstörenderweise?", wiederholte Peter belustigt.

„Ja, hat sie", bestätigte Maggie, und das zumindest wunderte Jay nicht. „So, so. Was für ein Motiv, wenn ich fragen darf?"

Mrs Nelson seufzte tief und kratzte sich an der Schläfe. „Nun, also", druckste sie herum, „es war so, dass ..."

„Die Sache in der Laube", hauchte Liv und fasste sich an die Brust. „Ja richtig, das war die junge Tina K. Timpson."

Woher wusste sie das? War sie während des Gesprächs mit der Baronin nicht in Bobby Greens Kabine gewesen? Jay sah zwischen Liv und Maggie hin und her. Nicht nötig, nachzufragen. Selbstredend hatten sich die beiden sofort über die neuen Erkenntnisse ausgetauscht.

„Nicht direkt", widersprach Mrs Nelson. „Das Biest Christina Scott war das. Bis sie hier an Bord gekommen ist, habe ich nicht gewusst, dass es ein und dieselbe Person ist."

Was sie nicht freisprach – eher im Gegenteil, denn von einem geplanten Mord ging Jay nach wie vor nicht aus. „Welche Sache in der Laube?" Dass diese Snugforder immer in Rätseln sprechen mussten.

„Ach, das ist ewig her und ich spreche nicht so gern darüber." Mrs Nelson sah zu Liv hinüber. „Du weißt genau, wie das damals passiert ist, und letzten Endes gibt es – von der allgemeinen Niederträchtigkeit der Tat mal abgesehen – keinen Grund, weshalb ich dieser Frau noch grollen sollte."

Jay suchte Livs Blick. „Du weißt, was damals passiert ist?"

Liv nickte. „Es war eine unvergessliche Nacht."

Kapitel neun

Snugford, Fest des Lebens, 2010

Der Himmel schwärzte sich mehr und mehr. Die ersten Sterne hätten zu funkeln angefangen, wäre dieses Fest des Lebens nicht von zu vielen Wolken überschattet. Die Sommersonnenwende feierten die Snugforder immer mit großem Trara und ließen sich nicht von schlechtem Wetter abhalten.

Dieses Jahr hätte sich Liv weiß Gott zumindest heiteres Wetter gewünscht. Zwar hatte sie sich vor zwei Wochen offiziell aus der Trauerzeit entlassen, das hieß bedauerlicherweise nicht, dass die Trauer von heute auf morgen schwand. Sie hatte es gehofft und war mit der eiskalten Realität konfrontiert worden. Trauer ließ sich nicht verjagen. Ohne Robert war Snugford noch viel farbloser, als es ihr zuweilen schon vorkam. Liv hatte bereits einige Beziehungen hinter sich, sogar eine Ehe, und kannte sich mit dem Gefühl, wieder allein zu sein, aus. Es war immer verschmerzbar gewesen. Jetzt verhielt es sich anders, denn nie zuvor hatte ihnen jemand die Entscheidung, es zu beenden, abgenommen. Eine höhere Macht hatte beschlossen, dass Robert nicht der Mann war, mit dem Liv alt werden würde. Wie kam diese Macht dazu? Liv bezeichnete sich selbst als eher unkonventionell in Glaubensfragen, hatte zeitlebens christlich gelebt, weil man das eben hier in Snugford so machte, und der Glaube, die Hoffnung und die Liebe nun mal hübsche Werte waren. Doch seit dem letzten Jahr zweifelte sie mehr und mehr an der Gerechtigkeit des Herrn, sie zweifelte sogar daran, dass es ihn wirklich gab.

Natürlich passte es nicht zu Livs federleichtem Wesen, zu sehr in diesem Loch zu versinken, das sich durch die Trauer auftat, daher machte sie weiter wie bisher. Sie arbeitete, traf sich mit ihren Freunden, wirkte an ortsinternen Aktionen mit, sie feierte am Fest des Lebens den beginnenden Sommer. Aber sie tat all das lustlos. Und tief in ihr drin sehnte sich ihr schmerzendes Herz nach der Wärme, die die Liebe zu geben vermochte.

„Liv, was ist mit dir los? Ganz allein auf der Tanzfläche? Wo ist Maggie?"

Silvia Barnes tanzte sie fröhlich an. Sie sah so gut gelaunt aus, dass es Liv schwerfiel, ihr Lächeln nicht zu erwidern. Sie trug ihr lockiges Haar unter einem Tuch, nur eine kecke Strähne war beim Tanzen herausgerutscht, und auf ihrer Stirn glitzerten Schweißperlen. Ihre Augen funkelten, ihre Wangen glühten rosig – sie war ein himmlischer Anblick. Liv hielt inne und lächelte sie an. „Das Leben geht weiter", flüsterte ihr der Moment zu.

„Oh, die arme Maggie musste im Hospital einspringen. So sind sie und ihr Schatz immerhin bei der Arbeit vereint." Sie zwinkerte. Silvia seufzte mitleidsvoll. „Die Ärmste. Das wäre kein Job für mich. Wobei ich auch von meinem zuweilen die Schnauze voll habe." Sie lachte dabei, als meine sie es nicht wirklich ernst, ehe ihr Blick schwärmerisch wurde. „Jimmy hatte allerdings auch Spätschicht. Er müsste demnächst erlöst sein. Weißt du, absurderweise warte ich gerne auf ihn, das hat so was Kribbeliges." Liv wusste, was sie meinte. Es machte den Moment der Wiedervereinigung noch schöner. „Im Grunde wäre ich jetzt bereit, ein süßes Kind zu bekommen, das mich glücklich und möglichst wenig Ärger macht, und mit dem ich den lieben langen Tag knuddeln kann."

Liv lachte. „Hast du das deinem Jimmy mitgeteilt?"

„Ja!", rief Silvia. „Ich glaube, er will es genauso sehr wie ich. Glaub mir, wir wären eine Traumfamilie."

Neben ihnen auf der Tanzfläche kam Robbie Nelson aus dem Tritt und stieß dabei leicht gegen Livs Schulter. „Verzeihung", sagte er und lächelte entsprechend. Seine Augen zuckten nur flüchtig zu Silvia hinüber, aber es reichte Liv, um zu verstehen. Der Arme war seit einer Ewigkeit heimlich, still und leise in sie verliebt. Wobei das niemandem auffiel, da er seine Gefühle hinter seiner locker-fröhlichen Art kaschierte. Niemandem außer Liv, die nun mal ein Händchen für Liebesdinge besaß.

„Tja, er muss sich ranhalten mit dem Heiratsantrag, oder?", nahm Liv das Gespräch wieder auf und beobachtete aus den Augenwinkeln Robbies bemühtes Lächeln.

„Er wäre ein Idiot, wenn er noch lang wartet", sagte er, wie das ein bester Freund sagen würde.

Silvias Augen leuchteten auf. „Das sehe ich ganz genauso!"

Liv betrachtete die beiden jungen Leute, fühlte das Knistern der unerwiderten Liebe und verdrängte den Schmerz in ihrem Herzen. Sie litt mit Robbie, man sah es ihr ebenso wenig an wie ihm.

„Und für den Fall, dass er es nicht bis zum nächsten Fest des Lebens fertigbringt, bin ich vorbereitet. Dann mache eben ich ihm den Antrag. Ich bin zwar nicht der ‚Frauen haben die Hosen an'-Typ, sicher ist trotzdem sicher." Sie senkte die Stimme, als würde ihnen irgendwer zuhören. „Soll ich euch zeigen, was ich für den Fall der Fälle geplant habe?"

Weder Liv noch Robbie waren sonderlich erpicht darauf, allerdings siegte zumindest in Livs Fall die Neugier, daher nickte sie. „Wunderbar, kommt mit. Ich hab es im Gartenhaus versteckt. Das ist Niemandsland und wird sowohl von unserer wie seiner Familie genutzt." Während sie plapperte, hatte sie sich bei Liv untergehakt und nach Robbies Hand gegriffen – und spätestens jetzt war sein Interesse an Silvias Geheimnis gestiegen. „Was für ein Glück, dass wir Nachbarn sind, das ist so romantisch, sage ich euch."

Sie entfernten sich vom Kirchplatz und nahmen die Abkürzung über den Friedhof, ehe sie die Straße erreichten, die zum Schwimmbad führte und in der Silvia und Jimmy lebten. Beide Häuser lagen in tiefer Dunkelheit, ihre Bewohner feierten das Fest des Lebens.

„Huch, die Lampe ist ausgefallen", stellte Silvia fest, als sie auf den Garten zusteuerte. „Na ja, müssen wir eben vorsichtig gehen." Sie lachte leise und zog Robbie hinter sich durchs Gartentor, ihre Sandalen klackerten auf den Steinfliesen, die ihr Vater über den Rasen bis zu besagter Laube gelegt hatte. Liv folgte den beiden. „Wisst ihr, ich könnte mir sogar vorstellen, in dieser Laube zu heiraten. Sie ist so romantisch, und wir haben darin schöne Zeiten verbracht", erzählte Silvia schwärmerisch und umrundete einen wilden Rosenstrauch. Ja, das konnte sich Liv vorstellen. Lauben boten sich fabelhaft für romantische Nachmittage an. „Es hängen die schönsten Erinnerungen daran und ..."

Eine seltsame Stille legte sich über den Garten, deren Grund Liv erst in dem Moment erahnte, als sie zu der stehen gebliebenen Silvia aufschloss. Ihre Hand hatte sich aus Robbies gelöst, ihr Blick war starr auf die Laube gerichtet. Liv folgte ihm und atmete erschrocken ein. Das Licht einer kleinen Feuerschale erhellte die Laube, die keinesfalls verlassen war. Liv benötigte einen Augenblick, um zu realisieren, was sie da sah. Oder wen. Zwei Personen, eng umschlungen, sich leidenschaftlich küssend, und wo der Körper der einen endete, fing der des anderen an. Silvias Schrei gellte durch die Nacht. Bei dem knutschenden Paar handelte es sich um Christina Scott und Jimmy Geswick, der nicht wusste, dass unter ihm in den Bodendielen sein Verlobungsgeschenk versteckt lag. Er würde es niemals erhalten.

Kapitel zehn

An Bord der Eroina, heutzutage

„Tina K. Timpson hat Ihnen den Freund ausgespannt?“ Jay fuhr sich über den Bart. Liv konnte ihm ansehen, dass diese Geschichte für ihn durchaus ein Motiv darstellte.

„Nein, Christina Scott. Das ist ein Unterschied. Optisch mag sie sich verändert haben und noch schöner geworden sein …“

„… charakterlich allerdings nicht.“ Liv sah Silvia Nelson mitfühlend an. „Damals ist eine Welt für dich zusammengebrochen.“

„Ja, in den ersten Tagen. Vielleicht auch Wochen, aber dann hat sich sehr schnell alles zum Besten gewendet, und wenn ich ehrlich sein soll, muss ich ihr eher danken, als ihr weiterhin zu grollen.“

Jay gelang es, seine Verständnislosigkeit in eine höfliche Frage zu packen. „Wie das?“

„Durch sie haben Robbie und ich zueinander gefunden.“ Sie seufzte fast schwärmerisch. „Er war so süß, so fürsorglich. Dank ihm hat sich mein Weltbild völlig verändert. Nicht auszudenken, ich hätte Jimmy geheiratet. Für den es erfreulich bergab ging, denn drei Monate nach seinem Seitensprung hat Christina Snugford verlassen und kam nie wieder." Sie hob das Kinn und sah sie alle an. „Wie man folglich sieht, gibt es keinen Grund für mich, diese Frau aus Eifersucht und Rache zu töten."

Liv musste zugeben, dass das plausibel klang. Silvia und Robbie waren zu einem der glücklichsten Paare Snugfords geworden – lediglich das mit dem Kind, das wenig Arbeit machte, war ein bisschen schiefgelaufen.

„Hm, ja, nun, scheint so", hörte Liv Jay murmeln. Er schaute Silvia mit seinem „Guter Cop"–Lächeln an. „Sind Sie zufällig im Besitz einer Nagelfeile?"

Silvia starrte mit großen Augen zurück. Ohne jeden Zweifel hielt sie ihn für verrückt. Was für sie sprach – zumindest insofern, dass ihre Reaktion echt genug war, um anzunehmen, dass sie nichts von einer Nagelfeile als Tatwaffe wusste.

„Ja, ich ... Wofür brauchen Sie bitte eine Nagelfeile?"

Jay winkte ab. „Nicht so wichtig. Kommen wir zu Ihrem Alibi. Sie wurden von zwei Zeugen um zwei Uhr nachts im VIP-Bereich gesehen. Was hatten Sie dort zu suchen?"

Silvia seufzte schwer, sie sprach zum Boden, als sie ihr Geständnis ablegte. „Es war wegen Andy ... Er hatte ihr den Geldbeutel aus der Handtasche geklaut, was ich nicht bemerkte. Ich habe ihn unter seinem Kissen entdeckt, als er endlich eingeschlafen war, und konnte nicht bis zum Morgen warten. Es war mir so unangenehm. Und das hat sich durch unser Gespräch nicht geändert. Tina K. Timpson ist so überheblich, wie Christina Scott niederträchtig war, aber bestimmt wäre das niemals ein Grund, sie zu töten." Sie sah flehentlich in die Runde. „Das könnt ihr nicht von mir denken!"

Ehe jemand antworten konnte, klingelte Jays Handy, und er zuckte so heftig zusammen, dass er mit dem Knie gegen den Tisch stieß. Linkisch fummelte er das Ding aus seiner Tasche und hob ab. Während seines Gesprächs herrschte eine seltsam angespannte Stimmung, der Liv gegenzusteuern versuchte.

„Es tut mir leid, dass wir diese alte Geschichte aufgerollt haben."

„Ja, bloß heilen manche alten Wunden niemals", warf Maggie ein, „und wir wissen nicht, ob ..."

„Alles in Ordnung, Mrs Nelson, Sie haben ein einwandfreies Alibi, das Liv und Alistair Kriston bestätigen können." Jay warf sein Handy schwungvoll auf den Tisch – es schlitterte über die Platte und wäre vermutlich zu Boden gefallen, hätte Peter es nicht aufgefangen.

Maggie sah Jay an. „Wie bitte?"

„Die Forensik hat soeben den Todeszeitpunkt mitgeteilt. Tina K. Timpson wurde gegen vier Uhr nachts getötet. Zu dieser Zeit war Mrs Nelson längst wieder in ihrer eigenen Kabine, wenn sie um zwei Uhr den VIP-Bereich verlassen hat", erklärte Jay und notierte etwas auf dem Blöckchen, das ihm Liv zur Verfügung gestellt hatte. „Und die Baronin ist damit gleichsam aus dem Schneider ... ja, so, ja." Er sah auf und Mrs Nelson an. „Sie dürfen dann gehen."

Silvia erhob sich erleichtert, hauchte ein „Ich danke Ihnen" und beeilte sich, zur Tür zu kommen.

„Ach, wissen Sie, Mrs Nelson", sagte Jay, ohne von seinem Block, in den er sich wieder vertieft hatte, aufzusehen, „vielleicht wäre es nicht verkehrt, Ihrem Sohn das Klauen abzugewöhnen. Es bringt Sie ständig in prekäre Situationen."

Silvia lächelte mit geröteten Wangen und blieb zu höflich, um zu widersprechen. Liv ahnte, dass sie viel zu vernarrt in ihren Sohn war und Robbie zu liebenswert, als dass einer von beiden jemals anständig durchgreifen würde. Na, es gab schlimmere Verbrechen. Einen Mord zum Beispiel. Und sie waren trotz massenhafter Hinweise noch keinen Schritt weiter.

„Gibt übrigens keine Fingerabdrücke", nuschelte Jay in seinen Bart und kritzelte weiter auf seinen Block.

Liv seufzte und sah die anderen an. „Wie schade. Sonst irgendwas Brauchbares?"

„Hm, na ja, ja und nein." Jay strich sich das Haar zurück. „Dieser Rodes hat noch einen Blutfleck in der Nische gegenüber dem Treppenaufgang im VIP-Flur entdeckt, und es war der Teil eines Fußabdrucks zu erkennen. Von den Ballerinas kann der nicht sein." Er betrachtete mit gerunzelter Stirn das Foto auf dem Display seines Handys. „Sehen wir uns das vor Ort mal genauer an."

***

„Wisst ihr, ich glaube nicht, dass der Mord von einer einzigen Frau begangen wurde", sprach Peter auf ihrem Weg dorthin jene Vermutung aus, die Jay schon lange hegte. „Ich meine, wenn die Täterin Tina K. Timpson in deren Kabine getötet hat, musste sie sie von dort an Deck tragen und ins Schlauchboot hieven, und das wäre keiner Frau an Bord ganz allein möglich. Noch nicht mal unbedingt einem Mann."

„Ja, das dachte ich mir ebenfalls. Womit wir mal wieder zwei Täterinnen oder zumindest eine Gehilfin suchen“, stimmte Maggie zu. „Oder einen Gehilfen.“ Sie blieben vor dem abgesperrten Bereich im VIP-Flur stehen und besahen sich den Abdruck des Schuhs näher.

„Sieht aus wie ein Turnschuhabdruck“, mutmaßte Liv. „Der Größe nach zu urteilen, definitiv von einem Mann, oder?“

Die anderen nickten. „Heißt das, dass wir uns erneut auf Schuhsuche begeben müssen?“

„Ich denke, ich werde bei den Verhören einen Schuhabdruck nehmen“, überlegte Jay, derweil Peter vor sich hin grübelnd im Flur auf und ab ging. „Wie kam der Abdruck da hin, und warum ist nur dort Blut gewesen?“

„Den Rest haben sie vermutlich weggewischt“, sagte Maggie.

Peter nickte nachdenklich. Schließlich lenkte er den Blick in Jays Richtung. „Was dagegen, wenn wir den Tathergang mal wieder nachstellen?“

„Ach herrje, bitte nicht!“, sagte Maggie und stöhnte.

Jay hingegen hielt es für eine gute Idee. Peter grinste, seine Augen suchten Maggie. „Du könntest uns sogar behilflich sein.“

Maggie sah ihn tonlos an. „Und wie?“

„Du spielst Tina K. Timpson.“

Maggies Augen weiteten sich. „Niemals!“

Fünf Minuten später stand sie mit schmalen Lippen in der Kabine der Schriftstellerin und ließ sich von Peter beschimpfen. Rein fiktiv natürlich. Er in der Rolle der Mörderin und sie in der des Opfers.

„Und nun reicht es mir endgültig, warum auch immer, ich raste also aus, sehe das Kosmetiktäschchen und reiße die robuste Nagelfeile heraus, um sie …“

„Aber die Nagelfeile in Miss Timpsons Kosmetiktasche wurde nicht entwendet“, warf Liv ein.

Peter ließ die Hand mit der fiktiven Nagelfeile sinken und nickte. „Vielleicht hatte sie zwei?“

Jay wiegte den Kopf hin und her. „Vielleicht. Oder sie hatte eine dabei, was eher auf ein geplantes Szenario hinweisen würde. In jedem Fall hat sie sie jetzt in der Hand. Peter?“

„Ja.“ Peter holte erneut aus und stach mit der fiktiven Nagelfeile auf Maggies Kehle ein.

„Miss Timpson taumelt zurück, Maggie, wenn ich bitten darf?“

Maggie warf Jay einen missmutigen Blick zu und taumelte zum Bett.

„Gut“, fuhr Jay fort. „Das Blut spritzt auf den Boden und die Bettdecke, Miss Timpson sinkt zu Boden. Die Täterin erkennt, was sie getan hat, und schreckt vor sich selbst zurück. In heller Panik wendet sie sich an die nächstbeste, vertraute Person …“

„Ist das nicht unglaubwürdig? Wer sollte sie bei einem Mord an einer derart beliebten Frau decken?“ Liv schüttelte den Kopf. „Spielen wir doch lieber die Alternative durch, dass sie von Anfang an zu zweit waren und es eine geplante Sache war. Eventuell ist es eine bewusste Wahl der Tatwaffe, damit wir denken, es sei ein Mord im Affekt gewesen.“

Jay ließ sich das durch den Kopf gehen und nickte. „Alles ist möglich“, murmelte er. „Fein. Machen wir so weiter. Die Autorin ist tot, es ist vier Uhr in der Nacht und die Party beendet, das Schiff verwaist. Die beiden Täter beschließen, die Leiche im Meer loszuwerden, und schnappen sich Miss Timpson."

Jay und Peter beugten sich über Maggie, um sie hochzuheben. „Seid ja vorsichtig", knurrte diese und Liv kicherte. Jay nickte und bemühte sich um besondere Vorsicht, als er versuchte, die Tür zu öffnen – was leichter gesagt als getan war, mit Maggies Füßen in den Händen und einem runden Türknauf.

„So geht das nicht", stellte er fest, nachdem er mehrfach seinen Rücken gegen den Knauf gedrückt hatte. „Vermutlich haben wir die Tür vorher geöffnet. Liv würdest du ausnahmsweise …?" Liv eilte herbei, um ihm die Tür zu öffnen. Sie schafften es etwas umständlich in den Flur und bis zur Treppe, wobei Jay beinahe gegen ein Sideboard gestoßen wäre, und Maggie fluchte. „Jetzt drehe ich mich in die Nische", erklärte er, „damit wir uns so wenden, dass wir die Leiche die Treppe hinaufschaffen können, dabei fließt weiter Blut aus der Wunde und es entsteht jener Fleck, in den ich nun hineintrete. Weiter gehts an Deck."

„Den Teil überspringen wir geflissentlich. Niemals lasse ich mich von euch da hochtragen, ihr brecht mir den Hals!" Maggies Begabung, eine waschechte Leiche zu mimen, hielt sich eindeutig in Grenzen, sie wand sich wie ein Tier.

„Hast du so wenig Vertrauen in uns?", fragte Peter grinsend.

„Ehrlich gesagt, ja, ich kann mich noch zu gut an meine Küche nach eurem letzten Versuch, die Tat nachzuspielen, erinnern."

Das sah Jay ein, daher verzichteten sie darauf, Maggie die Treppe hinauf zu tragen, und gingen an Deck. Wo sie feststellten, dass es selbst zu zweit kein Leichtes gewesen sein dürfte, das Schlauchboot aus seiner Verankerung zu lösen und die Schriftstellerin ins Wasser zu lassen. „Wie viele Täter wären nötig?", murmelte Jay. „Und möglich?" Er blickte zum Horizont, ging im Kopf durch, was sie wussten, und musste sich eingestehen, dass ihr Konstrukt des Tathergangs noch viel zu viele Fragen aufwarf. Weshalb zum Beispiel war die Schriftstellerin überhaupt ins Schlauchboot gelegt worden? Warum nicht gleich über Bord geworfen? War es eine oder waren es zwei oder gar drei Personen gewesen – oder noch mehr? Jay seufzte und fasste eine Entscheidung.

„Jay? Hörst du mich?"

Er schreckte hoch und sah Liv an. Sie lächelte wie immer, wenn sie ihn aus seiner Gedankenwelt gerissen hatte, und wartete seine Frage nicht ab. „Ich sagte eben: Wie geht es jetzt weiter?"

***

Es ging weiter, indem sie den Passagieren gestatteten, zu Abend zu essen und sich wieder frei zu bewegen – will heißen auf ihre Kabinen zu gehen. Das hielt Maggie für das Sinnvollste, ehe sie sich weiter gegenseitig beschuldigten und für Rufmord sorgten. Und so weit waren sie immerhin schon, dass sie Maggies Ratschläge befolgten. In allem anderen tappten sie noch im Dunkeln. Maggie hatte nicht ernsthaft an Silvia Nelsons Schuld geglaubt. Ihr Auftritt in den VIP-Unterkünften hatte nun mal gegen sie gesprochen, ebenso wie Iris von Lockspridges verletztes Ego sie zu einer astreinen Verdächtigen machte. Dennoch zählten sie letzten Endes beide nicht zu jener Sorte Mensch, der sie einen Mord zutraute. Andererseits hatte sie das seinerzeit auch nicht Father Custom zugetraut, und trotzdem war er schuldig gewesen. Dessen ungeachtet: Keine von beiden wäre allein in der Lage gewesen, die Autorin in dieses Schlauchboot zu schleppen. Gut, sie hätten sich zusammentun können, der Club der verletzten Frauenherzen. Aber Iris konnte Silvia nicht leiden, und letztlich waren ihre Motive in der Tat verjährt.

Jay kümmerte sich deshalb um den Club der schmachtenden Frauenherzen und legte eine sogenannte Snugford-Befragungs-Pause ein, indem er sich zunächst den Buchclub vorknöpfte, also einzeln, auch wenn die alle gleich aussahen und sich entsprechend verhielten. Vielleicht war es ja ein Gruppenmord gewesen. Das würde zumindest die Frage beantworten, wie sie Tina K. Timpson ins Boot geschafft hatten. Und so austauschbar, wie diese Frauen waren, konnte das Motiv einer einzigen reichen, um gemeinsame Sache zu machen. Womöglich war der Buchclub nur Tarnung.

Maggie lachte auf und schüttelte diesen blödsinnigen Gedanken ab. Jetzt fing sie an wie ihr DCI und spann sich sinnlose Geschichten zusammen. Zeit, sich an Deck die Beine zu vertreten. Sie mussten ja nicht immer zu viert ermitteln, außerdem wollte sie ihre Gedanken ordnen, und Jay neigte dazu, alles ein bisschen zu verwirren. Wobei sie ihm zugutehalten musste, dass er sich machte. Wirklich. Sein forensisches Wissen hatte ihr imponiert, und im Grunde hielt er sich, was Verdächtigungen anging, bislang mehr zurück als sie selbst. Allerdings musste sie gestehen, dass es sie ärgerte, dass dies ihr zweites Urlaubsvergnügen war, das durch einen Mordfall frühzeitig beendet wurde. Vielleicht keimte in ihr die Hoffnung – und der Ehrgeiz – heran, sofern sie diesen Fall innerhalb eines oder höchstens zwei Tagen lösten, könnten sie noch was von der Schifffahrt mitnehmen.

Maggie blieb stehen und schalt sich für diesen pietätlosen Gedanken. Eine Frau war ermordet worden und sie ärgerte sich über einen versauten Urlaub. Andererseits stahl sich gleichzeitig und vollkommen unabsichtlich diese leise Genugtuung zum Entsetzen über ein solches Verbrechen dazu – weil Christina alias Tina K. Timpson nun mal ein ziemlich fieses Miststück gewesen war. Um es salopp zu sagen. Zwar stimmte Maggie Jay zu, dass sie es hier bestimmt eher mit Totschlag zu tun hatten, dennoch wäre auch ein geplanter Mord, den jemand wie eine Affekthandlung aussehen lassen wollte, denkbar. Je mehr sie nämlich darüber nachdachte, desto weniger war davon auszugehen, dass die Erfolgsautorin von aller Welt geliebt worden war. Sie hatte sich ihr gesamtes Leben, ohne drüber nachzudenken, eine hübsche Stange Feinde gemacht. Bloß brachte sie das allein nicht weiter. Es half nichts. Sie mussten herausfinden, wem die blauen Schuhe und die Nagelfeile obendrein gehörten. Das Durchsuchen der Toilettenbeutel war insofern Quatsch, dass man, wie Iris richtig erkannt hatte, zwei Feilen besitzen oder ohne sie reisen konnte. Motive tauchten immer weitere auf, und dass der Tod spät in der Nacht eingetreten war, minimierte die Chance auf Zeugen irgendeiner Art.

Maggie presste die Lippen aufeinander und schob sie grübelnd vor. Gerade als sie den Entschluss fasste, zurück zu den anderen zu kehren, öffnete sich die Tür zu den Unterkünften auf der Steuerbordseite, und Harley Hamilton kam mit einem Handy am Ohr und ihren Unterlagen aus purpurnen Mappen und Ordnern unterm Arm heraus.

„Ja … nein, sag die Tournee einfach ab und erwähne um Himmels Willen nicht, wieso, ich … O Gott, das alles wird noch schlimm genug."

Maggie sah der Ärmsten nach, die vollkommen durch den Wind war – im wahrsten Sinne des Wortes. Die stets gepflegten, langen Haare wirkten ungekämmt und spröde, die Kleidung nicht wie sonst farblich akkurat und ihre Gangart in den Flipflops seltsam ungelenk. Kein Wunder, ihre Freundin und beste Autorin weilte nicht länger unter den Lebenden, war zu einem der Opfer geworden, über die sie geschrieben hatte.

Wie sie sich dessen bewusst wurde, ergriff Maggie eine Welle der Traurigkeit. Sie wurde dadurch vertrieben, dass der jungen Verlegerin etwas aus der Mappe entglitt, ein Briefumschlag, der lautlos auf den Boden fiel. Maggie beeilte sich, ihn aufzuheben.

„Miss Hamilton", rief sie und erhob sich mit dem Brief in der Hand. Harley Hamilton drehte sich zu ihr um und starrte sie mit weit aufgerissenen Augen an – als wäre sie ein Schreckensgespenst. Sie war hübscher als angenommen. Es kam Maggie so vor, als fiele das erst jetzt auf, wo sie nicht mehr im Schatten ihrer Freundin stand. Obwohl sich im Augenblick die Schatten des Grauens über sie legten.

„Wie bitte? Oh, ja, natürlich", sprach sie in ihr Telefon, zurückgeholt aus ihrer Trance von der Person am anderen Ende der Leitung. „Entschuldigen Sie mich", sagte sie zu Maggie, drehte sich um und ging hastigen Schrittes zurück zu den Schiffsaufbauten. Maggie sah ihr verblüfft nach, hielt den Brief immer noch in der Hand.

„Verzeihung?"

Zusammenzuckend wandte sich Maggie um. „Ja?"

Eine Frau mit blonder Hochsteckfrisur und einem T-Shirt mit der Aufschrift „Der Tod in der Meerenge", womit sie sich eindeutig als Buchclubteilnehmerin klassifizierte, lächelte sie scheu an. „Sie gehören zum ermittelnden Detective Chief Inspector, nicht wahr?"

Maggie nickte. „Ja, ich bin die Kriminalassistentin."

„Gut, Lucienne Drake, mein Name. Ich habe womöglich etwas gesehen, das von Belang sein könnte, aber ich wurde immer noch nicht aufgerufen, und ich dachte ..."

„Da dachten Sie richtig, an mich heranzutreten. Begleiten Sie mich zum DCI, wir machen direkt mit Ihnen weiter." Es war Maggie immer willkommen, wenn sich Dinge ereigneten, die einen Prozess beschleunigten.

Lucienne Drake nickte eifrig und tappte hinter Maggie her. „Gut, danke. Ich muss gestehen, ich bin schrecklich aufgeregt. Das alles ist schrecklich aufregend, oder?" Sie plapperte. Maggie wurde bei solchen Vielschwätzern immer ein bisschen kribbelig, deshalb legte sie noch einen Zahn zu. „Ich war so unsicher, wissen Sie, ich bin es noch. Ihr DCI ist bewaffnet, oder? Er kann eine Zeugin schützen, oder? Waren Sie eigentlich schon unten im Maschinenraum?"

Woher kam denn diese Frage? Wieso sollten sie dort gewesen sein? Maggie und Lucienne Drake traten durch die Heckflügeltüren in den Flur, der zur Kajüte des Kapitäns, dem Speisesaal und dem Gemeinschaftsraum führte, und Maggie spürte die Nervosität in sich. Ob diese Frau etwas Entscheidendes zu berichten haben würde?

„Wissen Sie, im Kessel ..."

Maggie sollte nicht mehr erfahren, was die Frau ihr mitteilen wollte. Ehe sie die Kabine des Kapitäns erreichten, ertönte lautes Geschrei und Gepolter aus dem Gemeinschaftsbereich neben dem Speisesaal, und beide fuhren herum.

„Was ist da los?" Maggie machte auf dem Absatz kehrt. „Warten Sie hier!", rief sie und steuerte besagten Raum an, aus dem der Lärm anschwoll. In der Tür blieb sie stehen. „Huch!" Sie war nicht wirklich überrascht, dennoch schlug sie die Hand vor den Mund beim Anblick dessen, was sich ihr bot.

Alistair Kriston und Bobby Green hatten offensichtlich sämtliche Regeln des Anstands und Respekts verloren und wanden sich ineinander verkeilt auf dem Fußboden. Hinter ihnen, in sicherer Entfernung, stand Father Abernathy mit ungläubig geweiteten Augen und bekreuzigte sich. Der Leibwächter mit der sanften Stimme hielt sich die Nase, aus der Blut tropfte. Wer hatte den so zugerichtet? Die Frage beantwortete sich augenblicklich, und Maggie beendete ihre Rolle der unbeteiligten Zeugin. In dem Moment, in dem der Fotograf ausholte, um seine Faust in die Flanke Alistair

Kristons zu donnern, ließ Maggie ein lautes „Stopp!"
vernehmen.

Sie reagierten insofern, dass sie wie zwei Schuljungen
zusammenzuckten und einander anstarrten. Langsam
ließ Alistair Kriston den Kragen Bobby Greens los, der
wiederum seine Hand von Alistair Kristons Hals nahm.
Beide atmeten schwer und stierten sich an.

„Komm nicht noch mal auf die Idee, mich zu beschuldigen", zischte Bobby Green. „Oder machst du das, um
von dir abzulenken? Ja, so handhaben das auch die
Mörder in Tinas Romanen. Warst du es, ja? Hast du sie
umgebracht?"

Alistair Kriston sah aus, als würde er jeden Moment
noch mal zuschlagen wollen. „Ich soll meine Verlobte
getötet haben?"

„Von wegen Verlobte! Du hast sie doch überhaupt
nicht richtig geliebt."

„Oh, ich verstehe, aber du!"

„Komm mir nicht so, Mister ‚Ich mache Harley Hamilton schöne Augen hinter dem Rücken meiner Verlobten'! Ja, mir entgeht nichts!"

Alistair Kriston erstarrte mitten in der Bewegung,
sein Mund öffnete sich fassungslos, derweil Bobby
Green sein blödes Grinsen aufsetzte. Und dann brach
Alistair Kriston in schallendes Gelächter aus. Just in
dem Moment, in dem Jay, Peter und Liv in den Raum
geeilt kamen, offensichtlich ebenfalls vom Tumult an-
gelockt. Der Kapitän traf zehn Sekunden später ein.
„Was ...?"

Niemand scherte sich um die Hereinplatzenden,
denn die Situation nahm mehr und mehr absurde Züge

an. Alistair Kriston griff sich an die Brust vor Lachen. Bobby Greens Grinsen wurde schmaler und schmaler.

„Du glaubst, ich stehe auf Harley?", fragte Alistair Kriston zwischen zwei Japsern.

„Ganz genau. Oder sie auf dich, vielleicht habt ihr ja gemeinsame Sache gemacht, um zusammen sein zu ..."

„Sie ist meine Schwester."

Stille.

Keiner im Raum war in der Lage, auf diese aberwitzige Behauptung etwas zu sagen. Bobby Green sah aus, als hätte er den Schlag ins Gesicht tatsächlich kassiert. „Wie bitte?"

Jay trat vor, zum ersten Mal in seinem Leben, oder zumindest seit Maggie ihn kannte, reagierte er als Erster. „Sie sind der Bruder von Miss Hamilton? Aber Ihre Namen ..."

Alistair Kriston lachte noch einmal. „Himmel, ja, die sind nicht gleich. Sie hat natürlich einen Künstlernamen. Harley Hamilton, der klingt verdammt erfunden, oder?"

Jetzt, wo er es sagte, musste ihm Maggie zustimmen. Nicht zu fassen. Harley Hamilton war Hanna Kriston! Sie war nie vom Rockzipfel ihrer Freundin losgekommen. Seit sie Kinder waren, erledigte sie die PR-Arbeit ihrer Freundin und steckte ihr eigenes Leben zurück. Das machte aus Bobby Greens Anschuldigung einen absoluten Witz. Du meine Güte! Diese beiden Frauen hatten sich, nachdem sie Snugford verlassen hatten, wirklich höchstens äußerlich verändert. Die Menschen waren scheinbar noch dieselben.

„Wir drei waren schon immer füreinander bestimmt, wie es aussieht. Tinas Tod reißt ein Loch in unser Leben. Also wer möchte jetzt noch mal eine Beschuldigung aussprechen?"

Jay sah so aus, als würde er das liebend gern. Maggie derweil war und blieb eine Freundin der richtigen Reihenfolge – dieses Durcheinanderermitteln und mal hier, mal da jemanden verdächtigen, strengte ihre Nerven an. „Niemand, Mr Kriston, Dankeschön. Wir hatten Sie ja darum gebeten, sich für weitere Befragungen bereit zu halten und so lange Ruhe zu bewahren. Überlassen Sie die Ermittlungen bitte uns, und ziehen Sie sich am besten in Ihre Kabine zurück." Maggie wandte ihre stechenden Augen von Alistair Kriston ab und gemäßigter Jay zu. „Es wartet eine Zeugin darauf, verhört zu werden."

Jay runzelte die Stirn, nickte jedoch. „Natürlich." Seine Augen wanderten zum Leibwächter der Schriftstellerin. „Robin, richtig?"

Der Leibwächter nickte. „Robin Randle."

„Wie geht es Ihrer Nase?"

„Könnte gebrochen sein", erwiderte Robin Randle, als würde er übers Wetter reden.

Jay zog die Stirn kraus. „Wer war das?"

„Könnte ich selbst gewesen sein."

„Wie bitte?"

Robin Randle, der Leibwächter, verzog die Mundwinkel zu einem gequälten Lächeln. „Das Handgemenge ist etwas aus dem Ruder gelaufen. Ich wollte Bobby davon abhalten, Alistair zu schlagen ..."

„Und gleichzeitig habe auch ich ausgeholt." Alistair Kriston sah schuldbewusst drein. „Arme schlugen gegen Arme und Robins Faust prallte gegen ihn selbst zurück."

Maggie versuchte angestrengt, sich dieses Handgemenge vorzustellen, und scheiterte. Einerlei, der Kerl hatte eine gebrochene Nase und benötigte einen Arzt. „Gibt es hier einen Schiffsarzt?", fragte sie.

Der Kapitän trat vor, blickte sie bedauernd an. „Eigentlich ja, aber er wäre erst in Workington zugestiegen."

Aha. Sie fing Jays fragenden Blick auf und schüttelte den Kopf. „Einen Bruch sollte ein Arzt, keine Schwester behandeln."

Jay seufzte und erklärte dem Leibwächter: „Na schön, dann lassen wir jemandem vom Festland kommen, der Ihre Nase untersucht. Gegebenenfalls müssen Sie dorthin eskortiert werden." Der Leibwächter nickte, als ginge ihn das kaum etwas an. Einige Sekunden verstrichen, in denen Jay mit Sicherheit darüber nachdachte, dass an dem Burschen aufgrund seiner mangelnden Schmerzempfindlichkeit was faul war. Er starrte erst ihn an, anschließend zu Alistair Kriston hinüber und im Anschluss grübelnd zu Boden – und gerade, als Maggie den Mund öffnete, um ihn in die Realität zurückzuholen, erklärte er langsam: „Machen wir weiter." Er, Peter, Liv und Maggie nickten einander zu und traten in den Flur hinaus. Hoffentlich würde diese Lucienne Drake etwas Hilfreiches zu sagen haben.

Wie sich noch in der nächsten Sekunde herausstellte, würde sie das nicht. Denn als sie aus dem Speisesaal kamen und links in den Flur abbogen, sahen sie sie regungslos auf dem Boden vor der Kajütentür des Kapitäns liegen. Neben ihr die Scherben einer zerbrochenen Vase. Verfluchte Borddekoration! Jay und Peter rannten auf die Bewusstlose zu, Maggie schlug die Hand vor den Mund und blinzelte ungläubig. Rechts von ihnen polterte es und Maggies Kopf fuhr herum. Eine Gestalt im schwarzen Hoodie hatte sich aus einer Nische wenige Meter von ihr entfernt gelöst und flitzte nun durch die Flügeltür an Deck. Der Täter!

Part Drei – Every dog has his day

Kapitel elf

Jay sah Peter an, Peter sah Jay an und schnalzte mit der Zunge. „Alle Monate wieder", murmelte er und stürmte los.

Jay war uneins mit sich, ob er sich freuen oder verzweifeln sollte. Eine Verfolgungsjagd auf einem Schiff versprach immerhin mit der Festnahme des Flüchtigen zu enden, denn Jay war nun mal nicht schlecht im Verfolgen. Allerdings hatte er keine Ahnung, ob die Frau, die da am Boden lag, bloß bewusstlos, schwer verletzt oder gar tot war, und er musste diese Feststellung seinen Assistentinnen überlassen. Es war Eile geboten. So nahm er die Beine in die Hand und sputete Peter hinterdrein, vorbei am Speise- und danach dem Gemeinschaftssaal hinaus aufs Heck. Peter war nach rechts abgebogen, daher entschied sich Jay für links, so konnten sie die flüchtige Person auf diese Weise einkreisen. Es hatte ärgerlicherweise ein wenig zu nieseln begonnen und der Fußboden war entsprechend glitschig, was Jay ignorierte und trotzdem seinen Schritt beschleunigte. Einer dieser Kerle vom Bordpersonal befleißigte sich gerade, sämtliche Sitzkissen von den Stühlen zu sammeln. Hätte Jay nicht gerade einen Gang hochgeschaltet, wäre es ihm vielleicht möglich gewesen, ihm auszu-

weichen, so aber streifte er ihn ungeschickt im Vorbei-
rasen und wurde aus den Augenwinkeln gewahr, wie
die Kissen unter lautem Fluchen des Burschen durch
die Luft wirbelten. Jay brüllte eine Entschuldigung und
schlitterte weiter, bog um die Ecke des Aquadecks, wo
sich Pool und Cocktailbar befanden – beides verwaist
und völlig ruhig. Jay quetschte sich an den Sitzgelegen-
heiten vor der Bar vorbei und rannte nun auf der Backbordseite zurück, in der Hoffnung, dem Flüchtigen entweder entgegenzukommen oder Zeuge zu werden, wie
Peter ihn stellte. Leider geschah nichts von beidem, da
sich in eben dem Moment, in dem Jay an der Tür vor-
beiflitzte, die zu den Kabinen der Passagiere führte,
jene öffnete und Livs Poolboy heraustrat – zu schwungvoll und schnell. Daher krachten er und Jay gegeneinander, prallten jeweils zurück und die Schwerkraft
tat ihr übriges. Jay landete auf dem Boden und sah kurz
Sternchen. Und im Anschluss Livs Handtasche, ihr
Schmuckkästchen und den Seidenschal, den sie zu besonderen Anlässen als Stola trug. Jay blinzelte verdutzt,
schaute von den Habseligkeiten seiner guten Freundin
zu dem Burschen, dem sie aus der Hand gefallen waren,
und furchte die Stirn. Der Poolboy blickte ihn ertappt
an.

„Ich ... kann das erklären."

Das konnte sich Jay kaum vorstellen, und je länger er
in die schuldbewusste Miene dieses Mannes starrte,
desto ärgerlicher wurde er. Nicht nur, dass er seine Verfolgung sabotierte, er bestahl ganz eindeutig seine angebliche Geliebte! Liv, um genau zu sein, und das war ...

na ja, recht traurig. Die Ärmste hatte mit ihren Männern scheinbar so viel Glück wie Jay mit seinem Job. Jay rappelte sich auf.

„Ich würde Sie ja bitten, mich zu erleuchten, ich habe im Augenblick blo-"

Zack. Krach. Boom.

Der Moment lief vor seinen Augen wie in Zeitlupe ab, obschon es sich in Wahrheit um wenige Sekunden gehandelt hatte. Es hätte einer dieser Augenblicke werden können, in denen sich Jay dafür verfluchte, zu langsam gewesen zu sein. Doch aus irgendeinem Grund ahnte er voraus, was geschehen würde. Vielleicht weil er noch zu gut im Kopf hatte, wie unberechenbar Livs Liebhaber sein konnten.

Poolboy Jamie sprang, noch während Jay sprach, auf die Füße und holte gegen ihn aus, Jays Arm schoss hoch und blockte den Schlag ab, während sein Handgelenk sich gleichzeitig schon drehte und seine Finger den Unterarm des Poolboys umschlossen. Eine Sekunde darauf lag dieser über Jays Schulter geworfen am Boden und stöhnte leise, derweil sich Jay schwer atmend aufrichtete. Nicht, weil es anstrengend gewesen wäre, sondern, weil er selbst so erschrocken war.

„Ach, dem Himmel sei Dank, du hast den Kerl erwischt!" Peter erreichte ihn, ebenfalls nach Luft schöpfend, und wischte sich den Schweiß von der Stirn. Beim Anblick von Jamie pfiff er durch die Zähne. „Im Ernst, Livs Poolboy ist der Täter?"

„Livs Poolboy?", beschwerte sich der Poolboy. „Mein Name ist Jamie! Und ein Täter bin ich ebenso wenig."

Jay nickte grimmig. „Jedenfalls nicht in Sachen Mord. Nur in Sachen … Sachen." Er nickte zu Livs Habseligkeiten. „Er wollte offenbar Liv bestehlen. Da haben Sie sich die Falsche ausgesucht."

„Hab ich auch bemerkt", murmelte Jamie. „Ich dachte, sie wäre so was wie 'ne Baronin oder so. Hat sich rausgestellt, dass sie nicht sonderlich viel in ihrem Geldbeutel hat."

Jay hatte es zwar anders gemeint, aber schön, dass der Kerl so geständig war.

„Ach, Mist." Peter stöhnte. „Dann hast du gar nicht unseren Mörder gefasst."

„Nein, oder trägt der Kerl einen Hoodie?"

Peter nickte einlenkend. „Nein, der trägt genau genommen …" Er betrachtete den nackten Oberkörper des Mannes. „… nichts."

Sie sahen einander resigniert an. „Das heißt, du hast den oder die Flüchtige auch aus den Augen verloren?", schlussfolgerte Jay. „Und wir wissen so viel wie vorher."

„Na ja", sagte Peter und hob die Hand. „Er oder sie hat das hier verloren."

Jay beugte sich über Peters ausgestreckte Hand, in der eine Art Figur aus zwei Perlen mit Engelsflügeln lag. Es erinnerte Jay an irgendetwas, er wusste bloß nicht, was. „Was soll das sein?"

„Sieht aus wie ein Talisman", überlegte Peter.

„Oder ein Schlüsselanhänger", mischte sich Jamie ein. Wunderbar. Womit sie ein weiteres Besitztum der verdächtigen Person hatten, das sie nicht zuordnen konnten. „Fein. Gehen wir rein. Sie kommen mit. Ich bin sicher, Liv hat ein Hühnchen mit ihnen zu rupfen."

***

Liv sah Jamie lange an, eine schiere Ewigkeit. Jay hatte ihn zur Verwahrung in seine Kabine gebracht. Liv fand den Ausdruck amüsant und treffend zugleich. Sie hatte viele Männer geliebt, mit vielen geflirtet – von den meisten war sie verzaubert und von einigen enttäuscht worden. Es brach ihr nicht das Herz, dass dieser Jüngling zu letzterer Sorte gehörte. Es brach ihr das Herz, dass er sie tatsächlich für eine von diesen reichen Damen gehalten hatte, die sich einen jungen Verführer hielten und ihn mit Geschenken verwöhnten. Nachdem sie das nicht getan hatte, musste er den Entschluss gefasst haben, sich einfach zu bedienen. Ja. Das brach der Romantikerin in ihr das Herz. Und brachte sie auf den Boden der Tatsachen zurück. Sie mochte sich jung fühlen, aber sie war es nun mal nicht. Sie straffte die Schultern. Aus Fehlern lernte man, und sie würde nie wieder von ihrem alten Beuteschema abfallen. Dass Jamie jemals Gefühle für sie gehabt hatte, bezweifelte sie angesichts seines versuchten Diebstahls noch mehr als bei … Sie vermied es, den Namen des Lords zu denken, der ihr vor wenigen Monaten tatsächlich den Boden unter den Füßen weggerissen hatte. Dieser Bursche hier war dazu nicht in der Lage. Und deshalb hatte sie ihm absolut nichts zu sagen. Sie wandte sich von ihm ab.

„Liv!"

Und schloss die Tür.

Verriegelte sie.

In Verwahrung. Denn Langfinger wie den konnten sie nicht an Bord gebrauchen. Draußen im Flur atmete sie einmal tief durch, strich sich eine Strähne zurück und machte sich auf den Weg zur Kajüte des Kapitäns. Es galt, einen Fall zu lösen.

***

Schuhe, Nagelfeile, Engelsschlüsselanhänger. Jay betrachtete seine Beweismittel – im Falle der Nagelfeile das Foto, denn das Original befand sich bei Mr Rodes – und fand die Schlussfolgerung längst nicht mehr überstürzt, dass es sich um eine Täterin handelte. Und auch die Person im Hoodie war nicht besonders groß gewesen, dafür stämmig, was auf einen kleinen Mann oder eine Frau hinwies. Ja. Eindeutig. Eine Frau. Nur welche? Es existierte immerhin ein Überangebot davon auf diesem Schiff. Nachdenklich betrachtete er das Foto der Nagelfeile. Etwas regte sich in seiner Erinnerung, ein Schatten eines Bildes, das noch unklar war, doch was Jay einmal gesehen hatte ...

„Lucienne Drake wollte uns etwas Wichtiges mitteilen", hörte er Maggie sagen und sah auf.

„Wer?", fragte er verlangsamt.

„Lucienne Drake. Die Frau, die niedergeschlagen wurde und jetzt bewusstlos in ihrer Kabine liegt. Keine Sorge, ich habe mich um sie gekümmert, und vom Festland ist der angeforderte Arzt unterwegs. Aber es gibt außer einer Beule keine äußerlichen Verletzungen. Hoffentlich kommt sie bald zu sich. Zoey hat derweil ein Auge auf sie."

Nun, dann war sie in besten Händen.

„Kein Wunder, dass sie niedergeschlagen wurde. Sie hat vielleicht den Mord oder etwas Verdächtiges gesehen. Die Mörderin muss Panik bekommen haben, dass sie etwas verraten könnte, und hat sie ausgeschaltet“, schlussfolgerte Jay und verlagerte das Gewicht aufs linke Bein. „Jetzt muss sie nur noch aufwachen und ...“

„Auf keinen Fall warten wir, bis es so weit ist. Hier läuft eine Mörderin frei herum!“ Liv schien den Schock über ihren falschen Liebhaber verdaut zu haben und voller neuem Tatendrang zu sein. „Je schneller wir sie dingfest machen, umso sicherer sind wir. Also, was haben wir? Wo machen wir weiter?“

Ehe Jay den Mund öffnen konnte, sagte Maggie: „Diese Miss Drake hat mich gefragt, ob wir bereits im Maschinenraum waren. Ich fand die Frage seltsam, aber womöglich gibt es dort etwas, das wir uns ansehen sollten.“

Jay nickte. Sehr gut, das war eine weitere Spur. „Dann machen wir dort weiter. Maggie, Liv, ihr seht euch den Maschinenraum an. Peter, wir nehmen uns der Spur des Talismans oder Schlüsselanhängers an und befragen die Passagiere danach. Und fangen bei diesem Verlobten an, der ständig Stunk macht. Zuvor schauen wir allerdings bei Zoey ... Ich meine, Miss Drake vorbei.“ Liv schmunzelte, und Peter grinste, Maggie war schon halb zur Tür raus, und so war es abgemacht.

Als Jay kurz darauf an die von Maggie als Miss Drakes Kabine beschriebene Tür klopfte, öffnete sich diese prompt, und flüchtig vergaß Jay, weshalb er hier war. Zoey stand im Türrahmen, vom einfallenden Licht durch das Guckloch wie ein Engel beschienen, und mit geröteten Wangen lächelte sie ihn an. Ihr rotbraunes

Haar war zu einem dieser gewollt unordentlichen Dutts hochgebunden, und das grüne Hosenkleid, das sie dazu trug und ihre Figur perfekt umspielte, machte ihre Erscheinung, nun, wunderschön. Wäre es doch nur ein Urlaubstag, dann würde er jetzt …

„Und? Haben Sie den Täter?"

Jay hüstelte und riss sich zusammen. „Ja, äh, nein. Nur etwas, das er verloren hat."

„Oder sie", verbesserte Peter.

„Ja, sie", stimmte Jay verlangsamt mit Blick auf Zoey zu. „Wie geht es dir … ich meine, ihr?" Er schaffte es, die Augen von Zoey abzuwenden und Miss Drake zuzuwenden.

„Unverändert. Sie ist bewusstlos, ihr Atem geht allerdings völlig ruhig."

Anders als seiner. Jay schloss die Augen. Wie konnte er an Liebe denken, während gleichzeitig irgendeine Mörderin, gegebenenfalls zwei, hier ihr Unwesen trieb?

„Gut." Jay nickte.

„Zumindest, bis der Arzt etwas anderes feststellt." Zoey spielte gedankenverloren mit ihrem Ohrring.

„Ja."

Beide sahen konzentriert zu der Bewusstlosen, wobei Jay nicht hätte sagen können, wie sie aussah. Peter hüstelte in die sich ausbreitende Stille hinein, und Jay räusperte sich.

„Ja. Wir gehen mal."

Zoey wandte ihm wieder den Blick zu und lächelte. „Ich wünsche euch viel Glück. Ich hoffe, ihr könnt der Spur des verlorenen Gegenstands folgen." Mit dem Finger berührte sie wieder ihren Ohrring, eine Geste aus

Nervosität vielleicht? „Worum handelt es sich dabei denn?“

Jay konnte den Blick nicht von ihrem Ohr abwenden. „Um einen Ohrring“, murmelte er.

„Einen Schlüsselanhänger, meint er“, warf Peter ein und hörte sich an, als verkneife er sich ein Lachen.

„Nein.“ Jay erwachte aus seiner Trance. „Ein Ohrring.“

Er wandte sich mit klopfendem Herzen Peter zu, der ihn entgeistert ansah. „Jay, was …?“

Jay holte den angeblichen Talisman und Schlüsselanhänger aus seiner Tasche und starrte ihn an. Dass ihm das nicht gleich aufgefallen war! Die winzige Öse am Kopf des Engels war viel zu klein, um an einem Schlüsselanhängerring zu haften, für einen Ohrring hingegen erschien sie ihm genau richtig. „Ich habe dieses Ding schon mal gesehen, an einem Ohr!“ Und was er einmal gesehen hatte, vergaß er nicht– allein, er musste auch richtig hinsehen, und ihm kam partout nicht in den Sinn, wer diesen Ohrring getragen hatte. „Wir müssen zu Bobby Green.“

Peter sah ihn an, als hätte er den Verstand verloren. „Wieso?“

„Weil ich seine Porträtfotos durchsehen will.“ Mit etwas Glück hatte er die Person fotografiert und sie hätten ihren Beweis – und konnten sich sparen, jeden einzelnen weiblichen Passagier aufzusuchen, um nach einem Ohrring und einer Nagelfeile zu fragen.

Ohne ein weiteres Wort zu sagen, stürmte er los, besann sich noch einmal, um Zoey zuzulächeln, und winkte Peter mit sich. „Auf zu diesem Fotografen.“

Der Fotograf staunte nicht schlecht, als Jay Minuten darauf an seine Kabinentür klopfte, um ein weiteres Mal Einsicht in seine Fotografien zu erhalten.

„Darf ich fragen, wonach Sie suchen? Wenn Sie fündig werden, habe ich wesentlich dazu beigetragen, dass ein Mörder gefasst wird und ich ...“

„Halten Sie bitte den Mund, solange der DCI ermittelt, oder Sie haben wesentlich dazu beigetragen, dass ich meine sonst so gutgewundenen Nerven verliere“, sagte Peter mit höflicher Schärfe, und Bobby Green verstummte.

„Da!“ Jay starrte auf das Foto auf dem Display. Es war so eindeutig, dass er vor Freude hätte auflachen mögen. Ehe sich eine tiefe Runzel über seine Stirn zog. Nicht in einer Million Jahre wäre er darauf gekommen!

„Komm“, sagte er zu Peter und drückte ihm die Kamera in die Hand.

Dieser pfiff durch die Zähne, als er das Bild betrachtete. „Wow, also das kommt unerwartet.“ Er sah Jay hinterher. „Du bist ein Genie, guter Junge!“

Bestimmt nicht, dachte Jay, während er zur Tür hinauseilte, aber er war ein Detective Chief Inspector, und so langsam kam er in Fahrt. Es gab nur noch zwei Dinge, die er überprüfen musste ...

„Hey“, schrie Bobby Green, „haben Sie den Mörder darauf entdeckt? Bekomme ich meine Kamera wieder?“

„Nein“, erwiderte Jay im Wegrennen.

„Die ist jetzt ein Beweisstück“, ergänzte Peter, und beide hasteten den Flur entlang.

***

Während Peter und Jay folglich einer besonders heißen Spur folgten, befanden sich Liv und Maggie zumindest in einer Umgebung, in der die Luft deutlich heißer war als weiter oben an Bord. Die Maschinenräume befanden sich im hinteren unteren Teil des Schiffsrumpfes. Die Geräuschkulisse war alles andere als einladend. Maggie hörte Kolben hämmern und Kurbelwellen dröhnen, tonnenweise Knöpfe leuchteten und die Überwachungsmonitore flimmerten.

„Halt, stopp, Zutritt für Passagiere hier unten verboten! Wie oft muss ich das noch sagen? Können die reichen Leute keine Schilder lesen?"

Ein Kerl mit blauer Latzhose, einer weißen Mütze und Schweißperlen auf der Stirn stellte sich Liv und Maggie in den Weg. Letzterer lag bereits eine zickige Antwort auf der Zunge, Liv hingegen ließ ihre kultivierte Verbindlichkeit spielen, und wahrscheinlich war das besser so.

„Können sie schon, nur sind wir nicht reich, sondern die Kriminalassistentinnen des ermittelnden DCI im Fall Tina K. Timpson. Als solche haben wir überall Zutritt. Das dürfte Ihnen der Kapitän vermittelt haben."

Der Kerl schob die Mütze über den Hinterkopf hoch, um sich zu kratzen. „Ah, so ist das. Ja, hat er erwähnt. Na, dann. Willkommen im Herz unseres Kreuzfahrt-Schiffes."

Liv lächelte dankbar, und Maggie gestattete sich ein Nicken in seine Richtung. Beide gingen weiter.

„Was suchen wir eigentlich?", erkundigte sich Liv, und auch Maggie musste zugeben, dass sie mit einem einzigen Raum gerechnet hatte, nicht mit einem weiteren Flur voller Türen und dahinterliegenden Räumen.

Es gab einen sogenannten Rudermaschinenraum, hinter dem sich die Rudermaschine samt ihrer Überwachung befand, einen Hauptmaschinenraum mit sämtlichen Maschinen für den Schiffsantrieb, den Kesselraum, in dem der für die Schiffsheizung und Bunkervorwärmung benötigte Dampfkessel stand, und … Maggie blieb stehen. Hatte Miss Drake nicht etwas vom Kesselraum geredet, ehe sie unterbrochen worden waren?

„Keine Ahnung, aber hier fangen wir an", befand sie und öffnete die Tür. Drinnen war es noch dumpfiger und stickiger als bereits im Flur. Ein halbes Dutzend kräftige Kerle standen um die Maschinen herum und blickten überrascht auf, als die beiden Ladys wie selbstverständlich hereinspazierten.

„Jetzt schau mal an, hoher Besuch aus der ersten Klasse. Was woll'n denn die in letzter Zeit alle hier unten?", raunte einer von ihnen gerade seinem Kumpan zu, als Liv und Maggie sich umschauend an ihnen vorbeiliefen. Maggie blieb prompt stehen. „Verzeihung, darf ich fragen, wie Sie das meinen? War noch jemand hier unten?"

„Massenhaft", bestätigte der Kerl. „Gestern Vormittag 'ne ganze Gruppe aus Frauen, die wie 'n Junggesellenabschied gewirkt haben. Nachmittags so 'n Kerl mit Kamera. Und mitten in der Nacht noch mal jemand. Den haben wir nich' gesehen, nur gehört. Und irgendwer von denen muss unseren Dampfofen mit 'nem Mülleimer verwechselt haben."

Liv hob eine Augenbraue und Maggie trat vor. „Wieso das?"

„Weil irgendwelches Papier reingeworfen wurde", erklärte der Kerl. „Lag teilweise noch daneben."

„Wenn schon falsch entsorgt, dann richtig, würde ich sagen“, fügte sein Kollege hinzu und beide lachten.

Maggie und Liv tauschten einen Blick, Livs Wangen nahmen diese rosige Färbung an, als sie aufgeregt fragte: „Was war das, das daneben lag? Wie sah es aus?“

„Überzeugen Sie sich selbst. Wir haben es noch nicht entsorgt. Hier steht ja alles still. Da hinten in den Kisten lagern wir unseren Müll.“ Er deutete in eine Ecke zwischen zwei Kesseln, und Maggie stürzte bereits darauf zu, derweil Liv sich noch die Zeit nahm, sich sehr liebenswürdig zu bedanken.

„Suchst du dir dein neues Flirtopfer, oder was?“, raunte Maggie und durchsuchte den Müllberg nach etwas, das ihnen weiterhelfen könnte.

„Nein, ich war nur höflich, meine Beste. Vom Flirten habe ich erst mal die Schnauze voll.“

Aha. Mal sehen, für wie lange.

Maggie verzog enttäuscht das Gesicht. „Sieht nach ganz normalem Papier aus, nichts, das ...“ Doch ihr Satz ging in einem lauten Dröhnen und einer Erkenntnis unter, die sie überrascht nach einer purpurnen Mappe greifen ließ. „Die gehört Harley Hamilton!“, rief sie. „Ich habe sie erst vorhin damit gesehen!“ Zu ihrer Enttäuschung war sie leer. Was hatte die Verlegerin hier unten zu entsorgen versucht? Etwas, das sie belasten könnte? Unmöglich, wieso sollte sie ihre beste Freundin töten? Erst jetzt fiel ihr wieder ein, dass sie noch etwas von ihr besaß, einen Umschlag, der ihr heruntergefallen war, als Maggie sie mit dieser Mappe gesehen hatte. Rasch zog sie ihn aus der Tasche und holte den Zettel darin heraus. Briefgeheimnisse wurden in einem Mordfall definitiv unbedeutend.

„Was ist das?", wollte Liv wissen und beugte sich über das entfaltete Blatt.

„Keine Ahnung, aber es könnte durchaus von Relevanz sein", murmelte Maggie. Beide überflogen die Zeilen, die eine kleine Notiz der Verlegerin an ihre Autorin waren. Maggies Herzschlag beschleunigte sich, Liv sog scharf die Luft ein. „Du liebes Bisschen", hauchte sie. „Das ist ja interessant!"

Maggie nickte grimmig. „Sehr interessant. Dürfte auch unserem Schusselinspektor gefallen."

Wobei Maggie zu ihrer großen Überraschung feststellen musste, dass er so schusselig gar nicht war – zumindest hatte er offensichtlich von ganz allein die Spur zu Harley Hamilton zurückverfolgt. Denn diese saß bereits mit ineinander verschränkten Fingern in der Kajüte des Kapitäns. Die Knöchel traten weiß hervor, und alles an ihr, vom Kopf bis zu den Füßen, wirkte angespannt. Sie trug eine Caprihose aus Jeans und ein beerenfarbenes Hemdshirt darüber, dazu einen pastellfarbenen Sommerschal. Die Flipflops passten nicht im Geringsten zu ihrer Erscheinung.

„Ha! Na, sieh einer an, genau zu dieser Frau wollten wir", sagte Maggie.

„Ebenso wie ich." Maggie und Liv fuhren herum und staunten nicht schlecht, als sie Zoey erkannten. Diese lächelte. „Miss Drake ist aufgewacht."

Kapitel zwölf

Es war zweiundzwanzig Uhr abends und die Sonne kurz davor, im Meer zu versinken. Das Kajütenlicht flackerte. Jay konzentrierte sich. Zu viele Dinge hatten sich gleichzeitig ereignet, zu viele Puzzleteile auf einmal das Bild geklärt, und er musste seine Gedanken ordnen, um sie wirklich richtig zusammenzusetzen.

Linke obere Ecke: Das Foto auf der Kamera von Bobby Green bewies eindeutig, dass der Engelsohrring Harley Hamilton gehörte. Rechte obere Ecke: Maggie hatte ein Schriftstück, das offensichtlich ebenfalls auf die Verlegerin hindeutete und das sie mit Sicherheit jeden Augenblick verlesen würde, sobald Jay sich sortiert hatte. Rechte untere Ecke: Miss Drake war erwacht und hatte den Namen Harley Hamilton erwähnt, ehe ihr erneut die Sinne geschwunden waren. Der Arzt würde sie mit ins Hospital nehmen müssen. Linke untere Ecke: Harley Hamilton trug seit der gestrigen Nacht Flipflops, in denen sie sich unwohl zu fühlen schien – ziemlich sicher ein Ersatz für ihre Ballerinas. Ausgehend von diesen vier Ecken formte sich im Zentrum des Puzzles also unwiderruflich das Bild von Harley Hamilton.

Jay räusperte sich und verlagerte das Gewicht vom rechten aufs linke ... Nein. Er stellte sich mit beiden Beinen vor sie.

„Miss Hamilton, erkennen Sie den wieder?“

Harley Hamilton fasste sich ans Ohr, als hätte sie eben erst bemerkt, dass ihr Engelsohrring fehlte. „Ja. Das ist meiner.“

Jay spürte, wie diese ehrliche Antwort seine Standfestigkeit minimal beeinflusste. Er riss sich zusammen. „Er wurde bei einer Verfolgungsjagd heute Nachmittag sichergestellt.“

Miss Hamilton nickte, das Lächeln erzitterte in ihren Mundwinkeln. „Ich nehme an, es hat keinen Sinn, Ihnen zu erzählen, dass ich ihn schon seit gestern suche?“

Jay runzelte die Stirn, gestattete sich, ein paar Sekunden über diese Eventualität nachzudenken, ehe er den Kopf schüttelte. „Ich werde die Sinnhaftigkeit dieser Aussage noch einmal überdenken, wenn Ihnen dieser Schuh“, er hob den blauen Ballerinaschuh hoch, „nicht wie angegossen passt.“ Wie ein Prinz kniete er sich vor sie, um ihren Fuß vom Flipflop zu befreien und gegen sein Beweisstück zu ersetzen. Wie zu erwarten, passte er wie angegossen.

„Nun“, stellte Harley Hamilton mit ihrer zarten Stimme, die seit dem heutigen Morgen kurz davor war zu brechen, fest, „das ist nicht unbedingt eine Aschenputtelgröße. Jede zweite Frau trägt Größe Neununddreißig.“

Jay nickte einlenkend. „Mag sein. Hat auch jede zweite Frau diesen Ohrring?“ Harley Hamilton erwiderte daraufhin nichts, und Jay schüttelte den Kopf. „Nein, nein, hier sprechen zu viele Dinge gegen Sie, Miss Hamilton, und da ich noch nicht verstehe, was Ihr Motiv sein könnte ...“

Das war der Moment, auf den Maggie wohl gewartet hatte, denn sie schaltete sich mit der üblichen Beflissenheit ein. „Da kann ich aushelfen, Detective Chief Inspector." Sie reichte ihm den Brief, mit dem sie und Liv hier hereingeplatzt waren. „Dieser Brief ist Miss Hamilton heute Nachmittag heruntergefallen. Unmittelbar, bevor mich Miss Drake ansprach. Zu diesem Zeitpunkt dachte ich noch, ihr erschrockenes Gesicht hinge mit dem Schrecken zusammen, den der Tod ihrer Freundin mit sich brachte, aber das war nicht so, habe ich recht?" Sie fixierte Harley Hamilton, die mit großen Augen den Brief in Jays Händen anstarrte. Dieser senkte den Blick, um sich näher anzusehen, was Maggie und Liv entdeckt hatten.

Liebe Tina,

stand dort in geschwungenen Buchstaben,

da du deine Emails nicht abgerufen hast, habe ich dir das neue Skript ausgedruckt, und es wäre gut, du liest es zumindest einmal durch, ehe wir es unter deinem Namen veröffentlichen – und nicht nur die Inhaltsangabe. Dieses Mal habe ich mir etwas Besonderes ausgedacht, ich bin gespannt, was du dazu sagst. Vielleicht wird daraus mal ein Theaterstück, das dürfte dir gefallen. Herzlichst, deine Harley

Der Brief wurde mit einem Kuss-Smiley beendet. Jay starrte die Zeilen an, las sie wieder und wieder. Er hob den Blick und sah Harley Hamilton an. „Wie darf ich das verstehen?" Er wusste genau, wie er das verstehen durfte, die Frage war rein rhetorisch gewesen, trotzdem beantwortete Maggie sie: „Das darfst du so verstehen, dass die wahre Schriftstellerin hier vor uns sitzt." Sie lachte leise. „Hanna Kriston, ich hätte dich fast nicht erkannt."

Harley Hamilton, oder Hanna Kriston, lächelte matt. „Ja, das geht einigen so. Seit ich Snugford verlassen habe, sind ein paar Pfunde runter, und statt der Hornbrille trage ich Kontaktlinsen. Geschichten schreibe ich immer noch so gerne wie damals."

Maggie nickte langsam. Das hitzige Gespräch tags zuvor kam ihr in den Sinn, Miss Hamiltons Gesichtsausdruck – ein Streit! Weitere Erinnerungen stürzten auf sie ein, Erinnerungen an zwei Mädchen aus Snugford. „Ja, so betrachtet ergibt das alles viel mehr Sinn …"

Kapitel dreizehn

Snugford, irgendwann Mitte der Neunziger

Nirgendwo auf der Welt ging es an einem Karnevalstag langweiliger zu als in Snugford. In Notting Hill versammelten sich Ende August Tausende Menschen, um dieses Straßenfest mit faszinierenden Masken und Kostümen zu feiern. Hier in Hannas Heimatstädtchen sah man allenfalls ein paar verkleidete Kinder durch die Straßen laufen. Christina war eines davon. Ihre beste Freundin war die schönste Prinzessin weit und breit, und sie würde Hannas Geschichte so gekonnt auf die Bühne bringen, dass halb Snugford ihnen zu Füßen lag, da war sich Hanna sicher.

„Wie lange dauert das noch, bis du alles aufgeschrieben hast?" Was Christina nicht so gekonnt beherrschte, war das Warten auf ihren großen Auftritt. „Wir müssen doch noch Zuschauer ... äh ... orgisieren und ..."

„Organisieren", verbesserte Hanna gedankenverloren und schrieb den letzten Satz ihres Märchens nieder. „Und ich bin fast so weit. So ein adaptiertes Märchen schreibt sich nicht innerhalb von Sekunden, und ich habe es in zwei Stunden geschafft, was ziemlich gut sein dürfte." Sie beendete ihr Werk wie immer mit ihren geschwungenen Initialen und grinste zufrieden. „Und wenn wir uns ranhalten, können wir noch ausreichend Zuschauer organisieren, die unserem Spektakel beiwohnen, keine Sorge. Sieh du zu, dass du den Text noch rechtzeitig gelernt bekommst." Es war zehn Uhr morgens, und die Chance, dass Christina bis zum Mittag das ganze Stück auswendig konnte, sehr groß. Sie brachte keine eigenen Ideen aufs Papier, dafür war sie brillant darin, die von anderen auswendig zu lernen und zu präsentieren. Womit sich die beiden Freundinnen wunderbar ergänzten, denn wenn es etwas gab, das Hanna absolut nicht beherrschte, dann war es, vor anderen Leuten laut zu sprechen. Sprechen an sich war ihr ein Gräuel. Auffallen war ein Gräuel. Präsentieren war ein Gräuel. Aber sie liebte, was sie schrieb, erfand, was ihr in den Sinn kam. So war es perfekt, dass sie eine Freundin gefunden hatte, der das andere leichtfiel. Natürlich war Christina eitel und wollte, dass es so aussah, als hätten sie die Geschichte zusammen erfunden. Das war akzeptabel für Hanna, solange sie gehört wurde.

„Ja, ja, du bist ziemlich gut und soooo schlau. Du bist auch schon in der dritten Klasse, und ich komme im Herbst erst in die Schule. Da bist du im Schreiben natürlich besser."

Und im Erfinden, dachte Hanna – für sich. Was sie erwiderte, war: „Eben. Denk dir, was wir alles auf die Beine stellen werden, sobald du auch schreibst!"

Wahrscheinlich genauso viel wie jetzt, da Christina viel zu faul war, um eine Geschichte mit Anfang, Hauptteil und Schluss wohldurchdacht zu entwerfen. Das würde für immer Hannas Passion bleiben, so wie das Schauspiel Christinas.

„Also, lass mal sehen, Prinzessin, was du uns damit auf die Bühne zauberst. Ich lese es dir vor." Zumindest das würde besser werden, wenn Christina in der Schule war.

Hanna müsste ihre Werke nicht mehr vorlesen. Sie hasste den Klang ihrer eigenen Stimme.

Drei Stunden später stand das Stück, und Christina konnte es nicht abwarten, dafür Werbung zu machen, indem sie in Snugford von Tür zu Tür gingen und die Leute persönlich einluden. Hanna wäre es lieber gewesen, sie hätte noch ein paar Flyer schreiben können. Ihre Freundin ließ sich bloß nicht länger vertrösten. So zog sie ihren langen Rock an, in dem sie nicht ganz so dicklich aussah und den andere vermutlich für ein billiges Kostüm halten würden, und folgte Christina.

„... wenn wir uns ranhalten, können wir noch genug Zuschauer organisieren, die unserem Spektakel beiwohnen", plapperte Christina im O-Ton Hannas und ließ diese wie so oft darüber staunen, dass sie sogar Gesprächsfetzen abspeicherte und zum geeigneten Zeitpunkt ausspuckte – nämlich sobald sie sicher sein konnte, dass jemand sie hörte. In diesem Fall näherten sie sich dem wunderschönen Anwesen der Rosenburns und hatten Glück. Maggie Rosenburn und Finley Odell spielten Cowboy und Indianer in dem idyllischen Garten. „Los, erkundigen wir uns hier!"

Maggie und Finley sahen zum Gartentor hinüber, an dem Christina und Hanna stehen geblieben waren und Christina nicht lange mit ihrer Einladung zögerte. „Hallo", grüßte sie als waschechte Prinzessin. „Wir suchen noch Zuschauer für unser Spektakel. Wir", Christina reckte den Hals in die Höhe, „haben das selber erfunden und aufgeschrieben. Also, Hanna hat geschrieben. Ich kann ja noch nicht schreiben."

Hanna nickte, als entspräche das der vollen Wahrheit. Und nicht der halben. Oder einem Viertel davon. „Aber Aufführen und Erfinden, darin bin ich Meisterin."

Maggie Rosenburn nickte begütigend, als hege sie daran keinen Zweifel, und Hanna war stolz auf ihre Freundin, dass sie so unfassbar glaubhaft war.

„Also, kommt ihr zu unserem Spektakel?", hakte Christina nach und posierte besonders einladend, warf den Kopf beim Lachen in den Nacken wie eine wahre Schauspielerin. Niemand war eine bessere als sie und Hanna glücklich, sie ihre Freundin nennen zu dürfen.

Kapitel vierzehn

Auf der Eroina, heutzutage

Harley Hamilton zwang sich zu einem Lächeln in Jays Richtung, ihre Augen schwammen in Tränen. „Ich denke, so hat alles angefangen. Ich schrieb und wollte, dass es gelesen wird, sie hat es in die Welt hinausgetragen. Als Kinder haben wir uns keine Gedanken gemacht, da war es ein Spiel. Erst als Erwachsene, als unsere Träume sich immer noch nicht geändert hatten, fassten wir den Plan, dass sie das, was ich schreibe, repräsentieren könnte, indem sie sich für mich ausgibt. Mich als Autorin. Offiziell wollte ich die Frau im Hintergrund sein, die der großen Schriftstellerin den Rücken freihielt und sie verlegte. Inoffiziell wollte ich jeden einzelnen Roman schreiben, der sie berühmt gemacht hat. Also studierte ich, während Christina die Schauspielschule besuchte, meinen Bruder – und unseren größten Fan – vögelte, die Schauspielschule abbrach, das Geld meines Bruders ausgab, und als ich mein Studium beendet und gelernt hatte, wie man einen Verlag gründet und leitet, waren die beiden verlobt und ich hatte bereits die ersten drei Romane zum Veröffentlichen parat. Wir drei waren unzertrennlich und feierten den Triumph, den dieser Plan mit sich brachte.

Das war die beste Idee meines Lebens, dachte ich und war glücklich."

„Und was hat sich geändert?", fragte Jay leise. Es fiel ihm schwer, diese Frau zu verurteilen, auch wenn sie die Welt zum Narren hielt und offensichtlich gemordet hatte. Es fiel ihm schwer, weil er nachfühlen konnte, wie es ihr ging.

„Nichts", behauptete sie schlicht. „Überhaupt nichts." Eine Träne kullerte über ihre Wange, und Jay spürte die Welle der Traurigkeit von ihm Besitz ergreifen ... Er räusperte sich. Er durfte sich nicht von ihrer Emotionalität einlullen lassen. Mord blieb Mord.

„Ich bitte Sie, das entspricht nicht der Wahrheit, oder?"

Harley Hamilton presste die Lippen aufeinander. „Eigentlich schon ..."

Jay seufzte. „Aber Sie haben Tina K. Timpson getötet, habe ich recht?" Sie schwieg, doch ihre Augen blickten ihn auf eine Weise an, als wollte sie gestehen. Er seufzte. „Dann erlauben Sie mir, den Tathergang so weit nachzukonstruieren, wie ich es vermag." Als sie immer noch schwieg, atmete er tief durch und fing an, seiner Berufung zu folgen. Selbstbewusst und auf beiden Beinen stehend.

„Es ist etwa drei Uhr dreißig in der Mordnacht, und Sie suchen Ihre Freundin und Arbeitskollegin Tina K. Timpson auf. Vielleicht sind Sie wütend, weil Sie sich über ihren minimalen Sprachfehler lustig gemacht hat", in Harley Hamiltons Augen blitzte es kurz, „oder weil Sie es einfach nicht mehr ertragen können, dass sie mit Ihren Geschichten eine Show abzieht und Fans überall auf der Welt einzig und allein ihr zujubeln. Sei es, wie es sei, Sie stellen sie zur Rede, es kommt zum Streit, und im Eifer des Gefechts greifen Sie zu der Nagelfeile, die im Kosmetiktäschchen Ihrer Freundin herausragt und Sie als das erstbeste Verletzliche erachten, das Sie finden können."

„Moment, Jay", warf wie zu erwarten Maggie ein, „wir hatten festgestellt, dass die Nagelfeile aus Miss Timpsons Kosmetiktasche nicht fehlt …"

Jay hob unterbrechend einen Finger und nickte bedächtig. „Das ist richtig. Allein, als ich mir heute Nachmittag nach dem Angriff auf Miss Drake das Foto der Nagelfeile näher angesehen habe, fiel mir auf, dass an ihrem Griff ein ‚T' eingraviert ist. Und ehe wir Miss Hamilton in ihrer Kabine aufgesucht haben, um Sie hierher zum Verhör mitzunehmen, war ich noch mal in der Kabine von Miss Timpson, um ihre Nagelfeile in Augenschein zu nehmen. Interessanterweise fand ich ein in deren Griff eingraviertes ‚H'. Sonderanfertigungen, nehme ich an? ‚T' stünde demnach für Tina und ‚H' für Harley, richtig?" Es waren nicht Harley Hamiltons aufgerissene Augen, die ihm in diesem Moment Genugtuung verschafften, sondern Maggies Miene der absoluten Verblüffung. Weil er einmal etwas wusste, das ihr entgangen war. Tja. Wie sein Freund Shakespeare sagen würde: *Gute Gründe müssen den besseren weichen.* Er wandte seine Aufmerksamkeit wieder Miss Hamilton zu. „Wobei ich mich fragen muss, weshalb Sie überhaupt die Feile ausgetauscht haben? Sollten Sie beabsichtigt haben, die Mordwaffe zu vertuschen, hätten Sie sie aus dem Hals des Opfers entfernen und verschwinden lassen müssen." Auf diese Bemerkung hin schwieg Harley Hamilton weiter, während ihre Augen

Bände sprachen. Jay fuhr also fort. „Die nächste Ungereimtheit ergibt sich in der Entsorgung der Leiche. Sie müssen Hilfe gehabt haben. Wer ist es gewesen?" Er wartete nicht darauf, dass sich Miss Hamiltons Schweigen ausdehnte, sondern mutmaßte drauflos: „Ich tippe auf Ihren Bruder, dessen Versuche, alles und jeden an Bord zu verdächtigen, außer Sie beide, geradezu überambitioniert, um nicht zu sagen verzweifelt waren. Hinzu kommt, dass er, wie mir vorhin auffiel, Turnschuhe trägt, die ziemlich sicher zu den Abdrücken passen, die in einer Blutspur im VIP-Flur vorgefunden wurden. Wir werden das noch überprüfen. Ich zumindest erachte es als naheliegend, dass Sie Ihren engsten Vertrauten in dieser Situation um Hilfe baten. Verlobt oder nicht, Ihre Beziehung erschien mir von Anfang an ebenso eng wie die zu seiner Liebsten. Es passt überdies, da just in dem Augenblick, in dem Sie die Zeugin Miss Drake ausschalten, er im Gemeinschaftszimmer einen solchen Tumult anzettelt, dass er sämtliche Aufmerksamkeit auf sich zieht. Wobei sich hier ein paar Fragen auftun ..." Zum Beispiel warum sie sich dieser Zeugin erst zu diesem Zeitpunkt entledigt hatten. Jays Gedanken wurden von dem üblichen Wirbel erfasst, der sie in Unordnung zu bringen drohte, daher räusperte er sich, ehe es so weit kommen konnte. „Egal, dazu kommen wir noch. Sie schaffen es mit Müh und Not an Deck, das um diese Uhrzeit verwaist ist, da sich die letzten Partygäste auf ihre Kabinen zurückgezogen haben, das wissen wir von Bobby Green, der zu ihnen zählte. Warum auch immer beschließen Sie, Miss Timpson in ein Schlauchboot zu verfrachten und aufs

Meer hinaustreiben zu lassen, obwohl es deutlich einfacher gewesen wäre, sich ihres Körpers zu entledigen, indem Sie sie über Bord werfen." Harley Hamilton presste die Lippen aufeinander, schwieg jedoch. Einzig ihre Tränen sprachen für sich. „Es ist außerdem doppelt ungeschickt, da Sie beim Hineinlegen offenbar Ihre Schleife vom Schuh verlieren. Ich gehe davon aus, dass Ihnen das später bewusst wird, als das Boot bereits davon treibt. Es gilt nun also, das Blut und sämtliche weiteren Beweise zu verwischen – wobei Ihnen nicht nur der Abdruck im Flur, sondern ebenso das Blut am Laken entgeht – und überdies die Schuhe loszuwerden. Da kommt es Ihnen entgegen, dass Bobby Green so früh den Sonnenaufgang fotografiert und seine Kabinentür nicht abschließt." Jay atmete aus. Den Tathergang nachzuerzählen, erschien ihm beinahe so nervenaufreibend, wie ihn mitzuerleben.

In der Kajüte des Kapitäns war es mucksmäuschenstill. Livs Hand lag auf ihrer bebenden Brust, Maggie präsentierte ihren strichschmalen Mund, Peter saß mit gerunzelter Stirn auf dem Tisch des Kapitäns.

„Und wie passt Lucienne Drake ins Bild? Hat sie Sie gesehen, als Sie die Leiche ins Boot geschleppt haben?"

Harley Hamilton starrte mit feuchten Augen auf den Boden. Maggie setzte an, doch da Jay endlich in seinem Element war, ließ er sich nicht mehr übergehen. „Davon gehe ich eher nicht aus. Sie muss Sie zu einem späteren Zeitpunkt, vermutlich beim Entsorgen von Beweismitteln, gesehen haben, als Sie allein waren, denn andernfalls hätte die Zeugin Ihren Komplizen ebenfalls namentlich erwähnt. Aber warum haben Sie sie nicht gleich ausgeschaltet?"

Harley Hamilton schluckte, trocknete ihre Tränen und schloss die Augen, als sie ansetzte: „Ich …"

In diesem Moment pochte es an die Tür, und Jay seufzte. Wenn er sich nicht selbst unterbrach, erledigten das andere für ihn. „Ja bitte?"

Zu seiner Schande war es der Kapitän höchstselbst, der natürlich jedes Anrecht darauf hatte, in seine eigene Kajüte zu kommen. Er sah Jay respektvoll an – auch so eine Neuheit – und fragte: „Verzeihung, der Arzt vom Festland ist eingetroffen und hat die Verletzten untersucht. Er würde Miss Drake gerne zur Beobachtung mit ins Hospital nehmen und diesen Mr Randle ebenfalls. Ich sagte, dass das nur mit Ihrer Zustimmung möglich sei, falls Sie die beiden noch befragen möchten?"

Jay sah zu Harley Hamilton hinüber, die den Blick schuldbewusst erwiderte, und beschloss: „Nein, ich denke, Sie können Ihnen gestatten, von Bord zu gehen. Erreichbar sollten sie trotzdem bleiben." Er schätzte Miss Hamilton so ein, dass sie kooperieren würde.

„Danke." Der Kapitän schloss die Tür, und Jay verkniff sich ein Lächeln. Darüber, dass er endlich wie ein richtiger Ermittler behandelt worden war. Wobei er Bescheidenheit walten ließ. Noch hatte er es sich nicht gänzlich verdient. Seine Augen kehrten zurück zu Harley Hamilton. Sie erwiderte den Blick und atmete aus.

„Sie lagen richtig in verblüffend vielen Punkten, Detective Chief Inspector. Sie können nicht alles wissen. Niemand kann es Ihnen verübeln, dass bestimmte Dinge Ihnen in diesem Fall Rätsel aufgeben. Es liegt wohl daran, dass ich eine … lausige Mörderin bin. Und das, obwohl ich mein halbes Leben damit verbracht habe, verflucht gute Morde zu beschreiben. Von Frauen, die ihre körperliche Unterlegenheit dadurch wettmachen, dass sie besonders durchdacht und kreativ töten. Ich falle klar aus dem Raster, das ich selbst erschaffen habe. Allerdings handelt es sich in meinem Fall auch um keinen Mord, und wenn Sie mich angehört haben, verstehen Sie vielleicht, was ich meine." Sie sah von einem zum anderen im Raum und strich sich die Frontsträhnen glatt, ehe sie mit ihrem Geständnis begann. „Wissen Sie, wie es ist, eine Liebende zu sein?"

Kapitel fünfzehn

An Bord der Eroina, in der Mordnacht, 03:35 Uhr

Das Summen ihres Handys riss Harley aus dem Schlaf, noch ehe sie in ihn hätte versinken können. Sie hob ab, ohne sich zu melden, gab es schließlich nur eine einzige Person, die sie um diese Uhrzeit anklingeln würde.

„Schatz, schläfst du schon?" Tinas dezent weinerliche Stimme säuselte in den Lautsprecher.

„Nein, natürlich nicht", log Harley und setzte sich auf. „Was gibt es?"

„Och, ich hab so eine Lust auf heiße Milch mit Honig. Meinst du, du kannst mir eine organisieren, damit ich besser einschlafen kann?"

„Selbstverständlich, kommt sofort", versprach Harley, schlüpfte in ihre Ballerinas und beschloss, dass es um diese Uhrzeit in Ordnung sein dürfte, rasch im Pyjama nach Tinas Bestellung zu fragen.

Bedauerlicherweise musste sie feststellen, dass es um diese Uhrzeit, verständlicherweise, überhaupt niemanden an Bord gab, der diese Bestellung aufnehmen könnte. Die Bar war geschlossen und im Speisesaal niemand zugegen. Hinter der dortigen Theke standen H-Milch und eine Mikrowelle. Den Honig würde sie vom bereits größtenteils gerichteten Frühstücksbuffet erhalten. Flüchtig zögerte sie, weil es

Gästen bestimmt nicht gestattet war, hinter die Theke zu spazieren und sich einfach zu bedienen. Aber es ging nun mal um Tinas Bedürfnisse, und Harley hatte sich angewöhnt, diese grundsätzlich bedingungslos zu erfüllen. Daher fasste sie sich ein Herz und bediente sich einfach.

Als sie fünf Minuten später in die Kabine ihrer Freundin trat, rekelte sich diese auf ihrem Bett und sah hellwach aus. Harleys Augen glitten über Tinas nackten Körper, der einzig von ihrem sehr, sehr knappen Morgenrock bedeckt wurde. Ohne jeden Zweifel war Alistair vorhin hier gewesen, sein Deodorant hing noch in der Luft. Harley strich sich die Frontsträhne glatt und reichte Tina mit der anderen Hand die Milch.

„Oh. Danke, ich glaube, ich will sie gar nicht mehr. Stell sie mal aufs Frisierkommödchen." Harley nickte und wandte sich zum Frisiertisch. Tinas Kosmetikutensilien lagen wieder einmal unordentlich verstreut herum, weil es cool und künstlerisch war, sich Lippenstift aufzutragen und ihn achtlos beiseite zu pfeffern, um sich noch rasch die Nägel zu feilen und dann das Abendkleid überzuwerfen.

„Du bist meine Vierundzwanzigstundenheldin."

Harley lächelte gedankenverloren. „Ja, mit einem unsagbar charmanten Lispeln."

Tina kicherte. „Ich bitte dich, das hast du mir nicht übel genommen, oder?"

„Nein", erwiderte Harley wahrheitsgemäß.

„Gut so. Es ist wichtig, ein paar Späße zu machen, wichtig für die Beziehung zum Publikum. Wie viele Bücher haben wir heute Abend verkauft?" Sie setzte sich auf und legte ihren Geschäftsfrauentonfall an. Auch wenn sie das zu keiner Sekunde war. Es ging ihr nur ums Geld.

„Zehn."

„Bloß zehn?“

Harley lachte. „Was erwartest du? Die besitzen es alle schon, das ist ein alter Roman.“

„Ja, aber dieser wurde signiert.“ Sie machte eine elegante Bewegung aus dem Handgelenk, das so was wie „Schwamm drüber“ ausdrücken sollte. „Kann ich das Geld schon mal haben, ich hab mich ein bisschen verausgabt.“ Wie immer. Es war ebenso cool und künstlerisch, stets verschuldet zu sein. „Klar, deinen Anteil kannst du dir nehmen.“

„Meinen Anteil, meinen Anteil. Bist du jetzt knausrig, oder was?“

Harley sah sie mit hochgezogenen Brauen an. „Bin ich je knausrig? Du bekommst von allem die Hälfte, was nicht normal ist für eine Autorin, und meistens noch mal die Hälfte von meinem Anteil, weil du knapp bei Kasse bist. Ich bin nie knausrig, Schatz.“ Sie sagte es mit einem Lachen, denn auch das nahm sie ihrer Freundin nicht übel. Sie ließ sich neben sie aufs Bett sinken und lächelte.

Tina schob sie mit den nackten Füßen weg. „Warum hast du dann so schnippisch dahergeredet? Und nenn mich nicht Schatz, wenn du was auszusetzen hast.“

Harley öffnete den Mund. „Hab ich doch gar nicht.“

„Ach komm, ich weiß, dass du angepisst bist. Das war jetzt schon der zweite Seitenhieb in einem Gespräch, was ist los mit dir? Musst du wieder die Oberschlaue raushängen lassen und das Zahlenbuch schwingen?“

„Ich habe nicht ...“

„Mein Gott, wie ich es leid bin, zu hören, dass du studiert hast und ich nicht.“

Harley sah sie irritiert an. „Hab ich noch nie erwähnt ...“

„Ja, aber dein Bruder, er kann ja gar nicht aufhören, mir
das immer wieder zu sagen."

„Alistair meint es nicht so, er betont eben gerne die Vorzüge seiner kleinen Schwester."

„Ha, die Vorzüge, eben! Als ob man studiert haben müsste,
um was zu sein."

Was war mit ihr los, warum war sie so zänkisch?

„Ehrlich, das nervt mich total", regte sich Tina auf und
erhob sich vom Bett, um ihrer Szene im Stehen noch mehr
Dramatik zu verleihen.

„Kann ich verstehen", sagte Harley ruhig, „für mich spielt
es keine Rolle, also beruhige dich wieder."

Tina starrte sie an, sekundenlang, ehe sie leise, dafür pro-
nonciert lachte. „Ach, meine süße, heilige Hanna."

Harley zuckte zusammen. Sie nannten sich nicht mehr
bei ihren eigentlichen Namen. Seit Ewigkeiten nicht mehr.
Sie stand ebenfalls auf. „Tina, was ist los? Warum ...?"

„Was los ist? Gott, es ist so erbärmlich, wie du alles mit dir
machen lässt. Weißt du das?"

„Tut mir leid, ich ..."

„Da, schon wieder! Du entschuldigst dich am laufenden
Band. Kannst du einmal die Eier haben, mir kontra zu geben oder dich von mir wegzudrehen, wenn ich launisch
bin? Ja, scheiße, lass mich einfach mal stehen, und gib mir
die Chance, dich zu vermissen."

Harley starrte sie entgeistert an, brachte keinen Ton heraus. „Wieso ..."

„Wieso, wieso, wieso! Weil du mich langweilst, Hanna,
weil du an mir klebst wie eine Klette. Mal im Ernst, das
nimmt einem die Luft zum Atmen."

Ihr Tonfall steigerte sich zum Hysterischen, und Harley
wich vor ihr zurück.

„Ich brauch dich nicht nonstop um mich, klar? Ich meine, ich weiß, du stehst auf diesen Drei-Musketier-Stuff, dass du und Alistair und ich unzertrennlich sind, aber du bist nun mal das fucking dritte Rad am Wagen, merkst du das nicht? Ganz ehrlich, inzwischen brauche ich dich nicht mal mehr, die Leute lieben mich so sehr, dass ich jeden Schund schreiben könnte."

Harley blinzelte. Sie hatte es für einen ihrer hysterischen Anfälle gehalten, bloß ging das hier irgendwie zu weit.

„Willst du dazu gar nichts sagen? Willst du nicht widersprechen, du erbärmliches Ding? Ganz ehrlich, dein Studium hat nicht dazu beigetragen, dass da mehr in dein Hirn getropft wäre!" Sie schnippte Harley mit dem Finger gegen die Stirn. „Da ist kein Funken intelligente Selbsterhaltung drin, und das widert mich an!" Sie ging noch einen Schritt auf Harley zu, so nah, dass diese zurücktaumelte. „Du bist so erbärmlich", sie drängte sie durch die Kabine.

„Tina, komm schon …"

„… langweilig …"

„Tina, bitte …" Harley stieß gegen die Frisierkommode, ihre Finger krallten sich reflexartig um das, was dort herumlag.

„… und verzichtbar! Ich …"

„Hör auf!" In Gedanken hatte sie geschrien, in der Realität war es ein Hauchen. Tina lachte, sie gackerte laut und hysterisch, japste und gluckste und ihr hübsches Gesicht wurde zu einer entstellten Fratze. Harley zitterte am ganzen Körper.

Es stimmte nicht, sie hatte sie beide belogen. Sie nahm es Tina übel, dass sie sie vor versammelter Mannschaft gedemütigt hatte. Aber sie verzieh ihr, sie verzieh ihr alles – dass sie den Ruhm für ihre Werke einheimste, dass sie sich über sie lustig machte, dass sie sie um ihre Anteile betrog, dass sie Alistair mehr liebte als sie ... nur nicht das. Das Lachen hallte schmerzhaft in Harleys Ohren wider, es hämmerte in ihrer Schädeldecke, brachte sie um den Verstand.

„Du bist wirklich so was von ...“

„Halt die Klappe!“, schrie Harley und wollte Tina von sich stoßen. Irgendwas an der Geste geriet seltsam. Tina hörte auf zu lachen und riss die Augen auf. Sie stand immer noch direkt vor Harley, gurgelte nur noch und presste die Hand an ihren Hals. Und dann sah Harley das Blut. Es floss über Tinas Hand und spritzte über ihren Morgenrock, es traf sogar Harley am Shirt, die Tina mit geweiteten Augen anstarrte. „Tina, was ...?“

Ihr Blick fand ihre eigene, ausgestreckte Hand, Zentimeter von Tinas Hals entfernt und zitternd. Die Nagelfeile! Eben noch hatte sie sie in der Hand gehalten, nun steckte sie in Tinas Hals. Ihre Freundin strauchelte und fiel zu Boden.

„Tina!“, schrie Harley.

Der Kopf ihrer Freundin schlug kurz vor ihrem Bett auf, Harley stürzte zu ihr auf die Knie. „Tina!“ Tinas Augenlider flatterten, der Blick war bereits starr nach oben gerichtet, unheimlich und verloren ... Schließlich beruhigten sich auch die Lider, und sie rührte sich nicht mehr. Einzig das Blut floss noch aus der Wunde an ihrem Hals zu Boden. Harleys Atem ging stoßweise, ihr gesamter Körper bebte, doch rühren konnte sie sich nicht. „Tina?“, flüsterte sie. Keine Antwort. Keine Reaktion. Kein Lachen, kein Zwinkern, nichts.

„Tina!“, schrie Harley und schüttelte sie sinnlos. „O Gott, nein“, wimmerte sie, „nein, nein, nein, bitte, wach auf, komm zurück, komm zurück zu mir!“

Was unmöglich war, das sagte ihr die Stimme der Vernunft, die sehr, sehr leise und dennoch glasklar war. Tina war tot. Sie hatte sie umgebracht. „Nein!“ Von dieser Erkenntnis gepackt, wurde ihr heiß und kalt, ihre Gliedmaßen gehorchten ihr nicht mehr, und sie krabbelte rücklings über den Boden von der Leiche ihrer Freundin fort, raufte sich die Haare, schlang die Arme um den Rumpf und rappelte sich schließlich auf. Sie hatte keine Ahnung, was sie tat, aber ihre Faust fand die Kabinenwand und hämmerte dagegen. Nicht laut, eher verzweifelt. Sie wusste, er würde sie hören. „Alistair!“

***

Alistair saß neben der toten Tina und hielt ihre Hand, schweigend. Sie konnte nicht sagen, für wie lange. Sie konnte überhaupt nichts sagen. Sie stand daneben, die Arme um ihren zitternden Körper gepresst und wünschte sich, es wäre eine Szene aus einem ihrer Romane, eine, die sie streichen oder umschreiben könnte. Nur, dass das hier echt war. Und in der echten Welt ließ sich nichts mehr neu schreiben, das einmal geschehen war.

„Ich weiß nicht, was in mich gefahren ist. Ich wollte nicht ... Es tut mir leid, es tut mir so leid, ich weiß nicht ... Sie war so fies, so ... Ich wollte nie ...“

„Hör auf, dich zu entschuldigen.“ Alistair wandte den Kopf von Tina ab und zu ihr hoch. „Es war nicht deine Schuld.“

Harley starrte ihn an. „Wie kann es nicht meine Schuld sein? Ich habe sie getötet. Ich habe deine Verlobte getötet, meine Freundin, unsere Freundin, unser Leben ...“

Alistair sprang auf und ging auf sie zu, packte ihre fuchtelnden Hände und hielt sie fest. „Hör auf damit. Wir wissen beide, wie sie war, und ich verurteile dich nicht dafür, was passiert ist.“

„Was? Wie kannst du so reden? Hast du sie überhaupt nicht geliebt?“

„Natürlich habe ich das“, sagte er leise und blickte auf Tina herunter. „Alles an ihr. Ihre gesamte, wundervoll verdorbene Art. Alles an uns.“ Er heftete seine Augen wieder auf Harley. „An uns dreien. Verstehst du mich?“

Nein. Harley verstand überhaupt nichts mehr. „Was soll ich denn jetzt tun? Ich muss es melden. Ich muss ... Ist nicht dieser Polizist an Bord? Ich sollte ...“

„Gar nichts solltest du. Wir beseitigen den Leichnam und schweigen dazu.“

Harley schnappte nach Luft. „Den Leichnam beseitigen? Wie denn? Was redest du da? Wir können nicht ...“

„Doch, wir können, und wir werden. Du gehst nicht in den Knast für etwas, das einer guten Seele wie dir niemals passiert wäre, wenn sie dich nicht maximal gereizt hätte.“

Maximal gereizt? Das konnte kein Grund für einen Mord sein! Wieso war er so ruhig, so gefasst? Sie blickte auf seine Hände, die zitternd die ihren umklammerten, und wusste, dass er alles andere als gefasst war. Er war lediglich ihr älterer Bruder und hatte schon immer einen kühlen Kopf bewahrt, sobald es Ernst wurde.

„Wir schaffen ihre Leiche hier raus, dann wischen wir das Blut weg und sorgen dafür, dass nichts auf uns zurückfällt. Wir behaupten, sie sei verschwunden, und wenn wir Glück haben, lässt es sich wie einen Unfall darstellen ...“

Ein Unfall? Wie sollte das bitte nach einem Unfall aussehen?

Er beugte sich über Tina, um die Nagelfeile aus deren Hals zu entfernen. Harley hielt ihn zurück. Mechanisch. „Noch nicht. Sie wird noch mehr Blut verlieren. Warten wir, bis sie an Deck ist ...“ Sie hörte sich seltsam an. Waren das ihre Worte? Fand ihr Geist sich bereits mit den Gegebenheiten ab? Würde sie ein Verbrechen begehen, wie unzählige ihrer Romanfiguren?

„Gut, nimm du ihre Beine und ich die Schultern.“

Es klang abscheulich, wie sie darüber sprachen, sich ihrer Freundin zu entledigen, als wäre sie ein Gegenstand, den man mal eben über Bord werfen konnte.

Über Bord werfen ...

Sie standen an Deck – wie sie dahin gekommen waren, konnte Harley kaum sagen, war blindlings den Anweisungen gefolgt, die ihr Bruder ihr erteilte. Als sie nun an der Reling standen, kehrte sie ins Hier und Jetzt zurück. „Wir können sie nicht einfach ins Meer werfen.“

Alistair schaute sie fassungslos an. Schweiß rann über seine Stirn, sein Gesicht wirkte im Mondlicht wie das eines Geistes. „Wie bitte? Was willst du denn sonst mit ihr machen? So könnte es immer noch ein Unfall gewesen und sie gestürzt sein.“

Mit einer riesigen Wunde im Hals? Das würde nicht mal im Roman durchgehen.

„Sie hasst das Meer, Alistair. Ich werde sie nicht da rein-“

„Sie hat es gehasst, Harley, sie ist tot. Sie wird es nicht mal merken.“

„Trotzdem, ich kann das nicht.“

„Willst du wegen Mordes hinter Gitter? Wir schmeißen sie über Bord!“, unterbrach Alistair sie bestimmt, und Harley zuckte zusammen.

„Wie kannst du so kalt sein?“, flüsterte sie.

„Ich bin nicht kalt“, erwiderte er. „Ich habe zwei Personen in meinem Leben, die ich liebe, und nun versuche ich, diejenige von beiden zu retten, die noch am Leben ist. Und das bist du!“

„Ich gehöre hinter Gitter, genau genommen.“

„Nein, das tust du nicht.“ Alistair ließ den leblosen Körper seiner einstigen Verlobten sinken, und Harley folgte der Geste, ohne nachzudenken. Ihr Bruder kam zu ihr und nahm ihr Gesicht in beide Hände. „Hör mir zu. Wir beide wissen, dass sie großartig war. Aber sie konnte ein echtes Biest sein. Und egal, wie sehr ich sie geliebt habe, zu dir war sie nicht fair. Du hättest dich längst von ihr lösen müssen.“

„Indem ich sie töte!?“ Harley schluchzte verzweifelt.

„Nein, natürlich nicht. Doch was geschehen ist, ist nun mal geschehen, und jetzt gilt es, das Beste daraus zu machen. Okay?“ Er sah sie eindringlich an, und irgendwie gelang es Harley zu nicken. „Also …“

„Legen wir sie ins Schlauchboot.“ Dieser Einfall packte Harley beim Anblick des gelben Gummiboots. Es lag noch auf dem Pooldeck, nachdem am Nachmittag dieser kleine Junge, der alles, was nicht niet- und nagelfest war, mitgehen ließ, mit seiner Mutter darin ums Schiff geplanscht war. „So verendet sie wenigstens nicht auf dem Meeresgrund …“

Alistair folgte ihrem Blick. „Das ist zu riskant.“

„Mir scheißegal“, zischte Harley unerwartet heftig. „Sie war meine Freundin, noch ehe du dich in sie verliebt hast. Ich werfe sie nicht ins Meer! Sie werden sie sowieso irgendwann finden, dann ist es gleichgültig, wo genau.“

Alistair wollte protestieren, verstummte hingegen unter dem Geräusch einer zuschlagenden Tür und beide rissen panisch die Augen auf.

„Das kommt von der Backbordseite", flüsterte Alistair. Beide lauschten angestrengt auf die Schritte. Sie schienen sich in Richtung Heck zu bewegen.

„Los, zum Boot!", befahl Harley daher, und Alistair diskutierte nicht länger. Sie hoben Tinas Körper hoch und hasteten zum Schlauchboot. Harley strauchelte und tappte mit dem linken Fuß ungeschickt ins Boot. Er ratschte an der gummierten Seite entlang, und Tinas Beine entglitten ihr, sackten gegen den Gummiboden, wobei ein knarzendes Geräusch entstand. Beide hielten inne, doch war nichts von einer sich nähernden Person zu hören. Alistair ließ Tinas Kopf ins Boot sinken. Hektisch hoben sie es anschließend in die Höhe. Es war höllisch schwer und unhandlich. In der Not schienen sich plötzlich ungeahnte Kräfte zu offenbaren, und so stemmten sie es über die Reling. Es dauerte eine schiere Ewigkeit, bis sie es in der vorgesehenen Verankerung abwärts sinken lassen konnten, schweißtreibende Minuten, in denen sie sich ständig umsahen. Endlich schlug das Boot auf dem Wasser auf. Es blieben Harley weder Abschiedsworte noch ein letzter Blick. Alistair packte ihre Hand und zog sie mit sich, so schnell wie möglich zurück zu den Kabinen.

„Wir müssen noch das Blut an Deck entfernen", fiel Harley ein, als sie die Unterkunft ihrer Freundin erreichten, ihrer toten Freundin, und anfingen, sämtliche Spuren ihrer grausamen Tat zu verwischen. Alistair nickte. „Machen wir, sobald, wer auch immer da oben rumschleicht, fort ist. Solange ..."

Harley hörte ihm nicht mehr zu. Ihr Blick heftete sich auf ihren Schuh. Ihm fehlte das gelbe Schleifchen ...

„Meine Schleife", stieß sie hervor.

„Wie bitte?"

„Die Schleife", wiederholte sie und stöhnte, „die an meinem Schuh war. Sie ist weg. Was, wenn sie im Schlauchboot ist? Ich bin da reingetreten und blöd abgerutscht. Ich hatte gleich das Gefühl, dass sich irgendwas komisch anfühlt. Was, wenn ... O Gott, das wäre ein Beweis, der auf mich hindeutet."

„Okay, beruhige dich, ja?" Alistair atmete tief durch, und Harley tat es ihm nach. „Wir entfernen das Blut, sehen nach, ob wir die Schleife finden, und ansonsten entsorgen wir die Schuhe einfach im Meer, klar?"

Harley nickte. Klar. Das war das Logischste. In Windeseile machten sie weiter, schwitzten, heulten und stöhnten ... um am Ende entkräftet in der Kabine zu stehen und sich verloren zu fühlen. Zwei Kinder, die entwurzelt worden waren.

Die Schleife hatten sie nicht gefunden. Harley hätte sich am liebsten selbst ins Meer gestürzt. Ihre Hände krallten sich in ihre Schuhe. Alistair nahm sie ihr behutsam aus der Hand. „Ich kümmere mich darum. Geh du und entsorge all die blutgetränkten Handtücher und Kleidungsstücke."

Um Himmels willen, ja! Das hätte sie beinahe versäumt. Eine tolle Kriminalautorin war sie. „Wo denn?"

„Im Maschinenraum gibt es einen Dampfkessel. Die Wärmezufuhr erfolgt durch Befeuerung im Ofen. Du wirfst also alles in diesen Ofen."

Harley nickte wieder. Ja. Das klang logisch. Sie nickten einander zu und traten durch die Tür in den Flur. Genau in diesem Augenblick öffnete sich Bobby Greens Tür, und der Fotograf kam mit seinem Stativ und einer seiner Kameras heraus. Was hatte der vor? Ehe er sie entdecken konnte, hasteten sie zurück in ihre Kabine und warteten mit pochendem Herzen darauf, dass er an Deck gehen würde. Harley fluchte leise. Wieso musste ständig irgendjemand dort herumlungern? Schlief denn niemand durch? „Was machen wir jetzt?“ Alistair blickte auf die Schuhe in seiner Hand, anschließend zur Kabine Bobby Greens. „Ich mach das schon. Geh du in den Maschinenraum.“

Harley war zu erschöpft, um zu hinterfragen, was er vorhatte, und konnte es nicht erwarten, all die blutigen Fetzen loszuwerden. Daher folgte sie seinen Anweisungen, stahl sich in den Maschinenraum, den man sowohl von der Steuer- als auch der Backbordseite erreichte, schlich zum Ofen – dankenswerterweise war das Personal mit Kartenspielen beschäftigt –, entledigte sich der Beweismittel, wischte sich den Schweiß von der Stirn und verließ den Raum mit den Dampfkesseln. Sie stieg die Treppen hinauf und schlüpfte zurück in den Gemeinschaftsflur. Ein leiser Knall ertönte, und sie schrak heftig zusammen. Zwei der Lampen, die den Flurabschnitt erhellten, waren scheinbar durchgebrannt. Doch das war nicht das Schlimmste. Sie stand in dem Teil des Schiffes, in dem sich die Kabinen der anderen Passagiere befanden und man über die Treppe zu ihrer Linken die VIP-Unterkünfte erreichte. Zu ihrem Entsetzen stand jemand am anderen Ende des Flurs und sah zu ihr herüber. Auf die Entfernung konnte sie nicht genau erkennen, wer es war, lediglich, dass es sich um eine Frau mit langem Haar handelte, und sie hoffte inständig, dass sie ebenso wenig erkannt wurde. Sie musste einfach so tun, als sei sie Personal. Niemand achtete für gewöhnlich auf sie, ihr Gesicht war nicht einprägsam, das musste ihr gefälligst entgegenkommen. Zu ihrer Erleichterung verschwand die Person am anderen Ende des Flurs in Richtung Passagierkabinen, und Harley hastete, so schnell sie konnte, zurück zu Tinas Kabine. Sie schloss die Tür und lehnte sich erschöpft dagegen. Geschafft. Sie bemerkte Alistair, der am Frisiertisch stand und Tinas Kosmetikartikel aufräumte. Warum auch immer. „Was machst du da?"

Alistair drehte sich um, ein schmerzhafter Ausdruck lag in seinen Augen. „Wir haben die Nagelfeile vergessen", raunte er.

Harley schlug die Hand vor den Mund. Nein! Das bedeutete, sie steckte noch in Tinas Hals! Harley sank an der Tür herab zu Boden. Sie waren zwei lausige Kriminelle, vergaßen sogar die Tatwaffe in der Leiche! „Was machen wir bloß? Da sind meine Fingerabdrücke drauf und ..."

„Die werden hoffentlich vom Wasser verwischt werden", erwiderte Alistair. „Das Boot ist sehr niedrig geschnitten. Ich habe mir die Freiheit genommen, deine Nagelfeile in Tinas Täschchen zu legen. Es ist dieselbe, oder? So kann man zumindest nicht darauf schließen, dass sie hier getötet wurde, oder?"

Sie verrannten sich. Harley wusste das. Sie verrannten sich und würden geschnappt werden. Dennoch nickte sie. Einen Versuch war es wert. Er war bescheuert, aber vielleicht hatten sie ja Glück.

Kapitel sechzehn

An Bord der Eroina, heutzutage

Harley Hamilton lachte bei diesen Worten und beendete ihre Erzählung. Ihr Geständnis. In der Kajüte herrschte Stille. Nicht einmal Maggies Mund zeichnete diesen strengen Strich. Sie alle fühlten mit dieser Frau, die unfreiwillig zur Mörderin geworden war. Selbst Liv konnte ihr nicht vorwerfen, dass sie die eine Schwelle überschritten hatte, die tabu war und sie zu einem bösen Menschen machte. Weil Harley Hamilton nun mal kein böser Mensch war. Sie schniefte und blickte sie alle der Reihe nach an.

„Jetzt kennen Sie den Tathergang. Die ganze, traurige Geschichte vom Tod Tina K. Timpsons. Wir alle wissen, wie unsinnig der Versuch war, die Tatwaffe zu ersetzen, und wohin Alistair meine Schuhe geschmuggelt hat. Und dass ich die Täterin bin." Sie straffte die Schultern. „Ja, ich habe sie getötet, aber nicht absichtlich. Ich wollte es nicht. Es ist passiert, und niemand leidet darunter mehr als ich." Wieder rannen die Tränen über ihre Wangen. „Es war ein flüchtiger Moment, ein winziger, unbedeutender Moment, in dem ich die Beherrschung verlor." Sie wischte sich mit dem Handrücken übers Gesicht. „Ich habe sie so sehr geliebt", flüsterte sie. „So sehr." Ihre Stimme festigte sich. „So sehr, dass ich mich selbst aufgegeben habe, dass ich kleiner und kleiner wurde und in ihrem Schatten verschwand. Ich habe es nicht mal bemerkt, es störte mich nicht, nichts von unserer absurden Beziehung." Sie lächelte. „Ich war nie dazu in der Lage, mich vor Menschen wortreich zu präsentieren, sie schon. Aber aufs Papier habe ich sie gezaubert, habe meine Blöcke mit Worten gefüllt, seit ich denken kann, und Christina hat sie geliebt, sie hat mich für meine Ideen vergöttert. Dachte ich. Es hat sehr, sehr lange gedauert, bis ich erkannte, dass sie nicht mich, sondern den Vorteil unserer Freundschaft und letztlich nur sich selbst vergöttert hat. Genaugenommen hat es bis gestern Nacht gedauert. Hätte ich es bloß früher kapiert, dann wäre ich gefasster gewesen ... und sie würde noch leben."

„Es ist nicht Ihre Schuld, Schätzchen", sagte Liv behutsam. „Sie hat Sie nicht fein behandelt, das wissen wir auch ohne Ihre Erzählungen. Ihr Verhalten ist, so schmerzlich es ist, nachvollziehbar."

Maggie sah ihre Freundin überrascht an. „Was ist aus dem Sicherheitsgurt geworden, den jeder anständige Mensch deiner Meinung nach tragen sollte?"

„Ach", erklärte Liv mit einem bedauernden Lächeln in Richtung Harley Hamilton. „Wir sind niemals gefeit vor Witterungsschäden, die von außen auf unseren Gurt einwirken, nicht wahr?"

Jay nickte. Eine sehr poetische Einsicht, der er zustimmen würde. Miss Hamilton besaß sein Mitgefühl, dennoch ...

„Wenn es kein geplanter Mord war, so handelt es sich immer noch um Totschlag, und Ihre Geständigkeit wird sich positiv auf das Urteil auswirken, ebenso wie Ihre Reue, doch das macht das Verbrechen nicht ungeschehen."

„Hinzu kommt, dass Sie eine weitere Person verletzt haben." Maggie verbarg ihr Mitgefühl hinter ihrem Arbeitseifer. „Ich nehme an, Ihnen wurde erst in dem Moment, in dem Sie Miss Drake auf mich zugehen sahen, bewusst, dass sie die nächtliche Zeugin gewesen sein muss?"

Harley Hamilton nickte. „Es war ein letztes Aufbäumen. Der blamable Versuch, die eigene Haut zu retten. So ergeht es den Verbrechern in Büchern und allem Anschein nach ebenso in der Realität. Sie verstricken sich, einem Vertuschungsversuch folgt der nächste. Ich wollte sämtliche Beweise vernichten und fand immer mehr, das auf mich zurückfallen könnte. Unter anderem diese Briefwechsel, von denen ich töricht genug war, einen zu verlieren. Hätte ich es gelassen. Ich schäme mich so dafür. Im Nachhinein. Im Moment des Geschehens dachte ich nicht klar. Ich rannte, so schnell ich konnte, zu Alistair und ..." Sie räusperte sich. „Es mag seine Idee gewesen sein, ausgeführt habe ich sie. Ihn trifft einzig die Schuld, ein bühnenreifes Ablenkungsmanöver inszeniert zu haben. Den Hoodie hatte ich von ihm. Es war Glück, dass der Plan aufging und Miss Drake allein im Flur zurückblieb. Ich hoffe, es ist kein bleibender Schaden bei ihr entstanden."

Die Vase sah vermutlich übler aus. Jay seufzte auf. Der Fall war gelöst. Anders als sonst verschaffte es ihm keine Erleichterung. Im Gegenteil, er bedauerte diese junge Frau, die ihr Leben in Käfigen verbracht hatte ...

„Ich bitte Sie, seien Sie nicht zu hart mit meinem Bruder. Er mag nicht wie der Sympathieträger erschienen sein, aber alles, was er tat, geschah, um mich zu schützen. Das ist etwas Ehrenvolles, weniger ein Verbrechen."

„Mittäterschaft, und erst recht die Anstiftung zur Vertuschung sind ein Verbrechen", verbesserte Maggie weniger scharf, als man es von ihr gewohnt war.

„Mag sein." Harley Hamilton sah sie mit ihren großen, schönen Augen an. „Dennoch ist ein Verbrechen, das zum Schutz eines anderen Menschen begangen wird, nur eine halbe Straftat. Ich nehme bereitwillig das auf mich, was man ihm anlasten wird. Vielleicht gestattet man mir ja im Gefängnis, weiter an meinen Romanen zu schreiben. Wenn diese Tragödie etwas verändert hat, dann zumindest, dass ich nun womöglich bereit bin, zu mir selbst zu stehen." Sie winkte ab. „Wobei es zu spät sein wird. Wer liest schon die Krimis einer Mörderin?"

„Da würde ich nicht zu schwarzsehen, Miss Hamilton. Schreiben Sie am besten Ihre eigene Geschichte auf, da werden die Menschen sich um das Buch reißen."

Womit Peter wahrscheinlich recht hatte, und was Jay fast geschmacklos fand. Nichts ersehnten die Leute mehr als aufgedeckte Skandale und die Story dahinter. Dieser Reporter würde bestimmt im großen Stil über alles, das hier an Bord geschehen war, berichten und damit Aufsehen erregen. Was vermochte da erst ein Roman anzurichten?

Er schüttelte den Kopf. Schluss mit derlei Gedanken, der Fall musste zu Ende gebracht werden.

Alistair Kriston befand sich an Deck und starrte dem davonfahrenden Motorboot hinterher, in dem der Arzt und Miss Drake nebst Tina K. Timpsons Leibwächter Richtung Festland fuhren. Ein kleiner werdender Lichtschein in der Dämmerung, der sich von jenen abhob, die immer wieder vorbeiflitzten, weil dieses Motorbootrennen noch immer anhielt. Surreal. Die Welt drehte sich einfach weiter, obwohl eine Seele weniger auf ihr lebte ... Jay schüttelte den Gedanken ab und räusperte sich. Alistair Kriston drehte sich um. Zu Jays großer Verwunderung lächelte er beim Anblick der Ermittler. „Hm. Ich nehme an, wir sind aufgeflogen? Wie geht es Harley?"

„Den Umständen entsprechend, würde ich sagen", erwiderte Jay bedauernd.

Alistair Kriston nickte. „Es tut mir leid, dass wir Sie zum Narren gehalten haben."

Jay lächelte müde. „Glauben Sie mir, das bin ich gewohnt. Ich mache mich selbst regelmäßig zum Narren." Er sah ihn an und deutete zu den Aufbauten. „Darf ich Sie bitten, mir zu folgen?"

Alistair Kriston nickte mit einem letzten Blick zum davonfahrenden Boot. Nun, da die Schuld seiner Schwester erwiesen war, verzichtete er scheinbar auf weitere Spielchen, falsche Verdächtigungen oder Andeutungen und fügte sich wie sie in sein Schicksal. Auch Fluchtgedanken hatte er offenbar über Bord geworfen. Immerhin mal eine Abwechslung. Er und seine Schwester würden in der Kajüte des Kapitäns unter dessen Bewachung bleiben, bis sie nach einer Kursänderung in Whitehaven angelegt hatten und den dortigen Behörden übergeben werden konnten. Während es Zoey und Peter übernahmen, die restlichen Passagiere über das Ende dieser Luxusfahrt zu informieren, führten Jay, Maggie und Liv Alistair Kriston über das Deck. Der Nieselregen vom Nachmittag hielt immer noch an, im Lichtschein der Bordlaternen zeichneten sich ihre Fußspuren auf den feuchten Dielen ab und noch etwas deutlicher, als sie den überdachten Bereich betraten. Unvermittelt blieb Jay stehen und starrte auf die Spuren, die Alistair Kristons Turnschuhe hinterließen. Maggie hielt ebenfalls inne. „Siehst du, was ich sehe?", fragte Jay langsam, und Maggie nickte. „Das sind nicht die Abdrücke, die im Blutfleck hinterlassen worden sind!"

Alistair Kriston erstarrte mitten in der Bewegung. Liv sah die beiden fragend an. „Aber wenn sie nicht von ihm sind, von wem dann?"

Jay spielte sämtliche Bilder der letzten vierundzwanzig Stunden vor seinem inneren Auge ab und stöhnte auf. Natürlich! Wieso war ihm das nicht gleich verdächtig erschienen? Selbst er und Peter hatten erhebliche Schwierigkeiten gehabt, Maggie zu zweit an Deck zu schleppen, und die Treppe hatten sie sich überdies gespart. Wie sollte es da die kleine Harley Hamilton mit ihrem Bruder vollbracht haben, die Schriftstellerin hinaufzubekommen, die weitaus größer und damit schwerer sein dürfte als Maggie?! Noch unmöglicher dürfte es gewesen sein, das Schlauchboot zu zweit über den Rand der Reling zu hieven. Nein, sie mussten zu dritt gewesen sein. Und wer war mit seiner Muskelkraft da geeigneter als ...

„Der Leibwächter!", sagten Maggie und Jay wie aus einem Mund. Natürlich! Er war maßgeblich an der Schlägerei mit Bobby Green beteiligt gewesen, und beinahe hätte sich Harley Hamilton auch verplappert.

Ich rannte, so schnell ich konnte, zu Alistair und ... Ohne jeden Zweifel hätte sie den Namen Robin hinzugefügt, wäre ihr nicht rechtzeitig eingefallen, dass sie diesen decken wollte. Fragte sich, warum. Langsam kehrte die Erinnerung an die seltsame Bemerkung Harley Hamiltons vom heutigen Morgen zurück: *Ohnehin ist er eher mein Leibwächter als ihrer.*

Er selbst hatte Stunden zuvor auf die Turnschuhe des Leibwächters gestarrt, wahrgenommen hatte er nur die des neben ihm stehenden Alistair Kristons.

„Bitte." Die Stimme Alistair Kristons holte ihn aus seinem Flashback. „Robin hat mit der ganzen Sache nichts zu tun!"

„Wenn er Ihnen geholfen hat, ist dem ganz und gar nicht so, und seine Hilfe zu vertuschen, eine weitere Straftat", belehrte ihn Maggie in ihrer zuweilen erschreckend mitleidslosen Art.

Jay sah Richtung Küste zu dem Motorboot, in dem der Leibwächter gerade entfloh. „Bleibt zu überlegen, ob er geholfen oder die Tat begangen hat."

„Was?", hörte er Alistair Kristen rufen. „Niemals, ich schwöre Ihnen, dass jemand wie Robin niemals ..." Doch von seinen Beteuerungen bekam Jay einzig Wortfetzen mit – von wegen Verzicht auf Spielchen! Sie hatten ihn erneut zum Narren gehalten. Er musste so schnell wie möglich handeln und diesem Boot hinterher. Hektisch sah er sich nach dem Schiffspersonal um. „Ich brauche auf der Stelle ein Motorboot", rief er zwei rauchenden Kerlen zu, „ein Verdächtiger ist flüchtig."

„... hat eine Frau und zwei Kinder und ...", wehte die Stimme Alistair Kristons zu ihm herüber, während er ungeduldig dabei zusah, wie die beiden Männer, das Motorboot an der Steuerbordseite des Schiffes ausfuhren. „Deshalb wollen wir ihn decken!"

Einerlei, dachte Jay, ein Mittäter war ein Mittäter. So gern er Gnade walten lassen würde. Und woher wusste er schon, was an der Geschichte dieses Geschwisterpärchens denn nun wahr war und was nicht? Harley Hamilton hatte sich innerhalb weniger Stunden immerhin vom unscheinbaren Mädchen hinter den Kulissen zur Erfolgsschriftstellerin hochgearbeitet, und als solche besaß man durchaus eine blühende Fantasie! Endlich, das Boot war startklar. Jay wartete nicht länger und sprang über die Reling hinein. „Einer von Ihnen sollte mich begleiten", rief er, „falls Sie das Steuer übernehmen müssen." Dankenswerterweise reagierte der Linke von ihnen prompt und folgte ihm. „Ernie, lass uns ins Wasser!", rief er und nickte Jay zu. „Ich bin Lawrence, die Wochenendaushilfe."

Jay runzelte die Stirn. „Jay Jameson, der Detective Chief Inspector. Können Sie das Ding im Notfall fahren?"

„Klar, ist Teil meines Jobs, das zu können. Wie steht es mit Ihnen?"

„Klar, ist Teil meines Jobs, Dinge zum ersten Mal in meinem Leben zu machen, sobald man einem Verbrecher auf der Spur ist." Das klang cooler, als beabsichtigt. Dabei sollte das hier, ohne dass sich Jay selbst überschätzen wollte, kein Problem darstellen. Es handelte sich hier ja lediglich um ein Motorboot. Das schaltete man an und fuhr los. Keine Seile, Segel oder Lazy Bags wie beim Segelschiff.

„Sollten Sie nicht einen Führerschein haben, um fahren zu dürfen?"

„Nicht, wenn die Zeit drängt." Das Boot landete im Wasser, Jay schaltete es ein und fuhr los.

„Uoooh, langsam!", schrie Lawrence und hielt sich an der Reling des Vorschiffs fest.

Keine Zeit. In der Ferne sah er, wie sich das Motorboot mit Robin Randle an Bord bereits dem Festland näherte, und beschleunigte, der Tachozeiger schoss nach rechts.

„Passen Sie auf, da kommt ein Boot von rechts!", schrie Lawrence, und gerade noch rechtzeitig riss Jay das Steuer so herum, dass er einen Bogen um das Fahrzeug machte, anstatt mit voller Geschwindigkeit dagegen zu prallen.

„Sie wollen Polizist sein?", kam es keuchend von Lawrence, der sich scheinbar noch nicht sicher war, ob er verängstigt, schockiert oder beeindruckt sein sollte.

„Nein, meistens nicht", brüllte Jay über den Motoren- und Wasserlärm zurück. Aber zwischen Wollen und Sein bestand ein verblüffend großer Unterschied, und im Augenblick war er es nun mal. Und nicht irgendein Polizist, sondern ein DCI, und er würde diesen verfluchten Fall zu Ende bringen. Auch wenn er dafür führerscheinlos und zu schnell mitten in der Nacht ein Motorboot steuerte, es sollte ihm recht sein, dachte er slalomfahrend, da noch weitere motorisierte Boote ihren Weg kreuzten. Rufe gellten zu ihnen herüber, aufgebrachte Schreie drangen an sein Ohr, und Jay entschuldigte sich bei jedem Fahrer im Geiste und preschte weiter. Das Motorboot des Arztes kam immer deutlicher in Sicht. Jay konnte sogar im Lichtschein an Deck erahnen, dass Robin Randle den Kopf drehte und ihn entdeckte. Ja, der schrankbreite Leibwächter erhob sich aus seiner sitzenden Position und trat an die Reling des Hecks. Weiteten sich wohl gerade seine Augen vor Schreck? Die von Lawrence jedenfalls taten es bei Jays nächster Frage. „Wie bremst man eigentlich so ein Ding?"

„Was?", schrie er mit Blick auf das immer näherkommende Boot des Arztes. „Na, gar nicht."

„Wie bitte?"

„Sie müssen sofort runter vom Gas. Ein Motorboot bremst sich nur durch Wasserwiderstand aus. Sobald es langsamer wird ..."

Sie preschten weiter, Jay nahm eilig das Gas zurück.

„... können Sie den Rückwärtsgang einlegen, um es zum Stehen ..."

Während er sprach, bemerkte Jay die veränderte Haltung des Leibwächters, und ihm schwante Übles. „Gut, danke, das müssen Sie übernehmen", sagte er zu Lawrence. Dieser sah ihn entsetzt an. „Was? Jetzt?"

„Genau jetzt!", bestätigte Jay und ließ das Steuer los, strich sich das Haar zurück und rannte zur Reling, um mit einem einigermaßen eleganten Kopfsprung im Wasser zu landen – genau zur selben Zeit, zu der sich

Robin Randle mit einem Sprung ins Meer behelfen wollte.

„Sie sind ja verrückt!“, schrie ihm Lawrence hinterher, da war es schon zu spät.

Jay spürte, wie das Wasser ihn eisig umfing, seine Kleider schwer machte und nach unten ziehen wollte, würde er sich von seiner Schwärze und Kälte beeindrucken lassen. Was Jay nicht zuließ. Mit einem befreienden Atemzug kam er an der Wasseroberfläche an und sah sich nach dem flüchtigen Leibwächter um. Er kraulte bereits Richtung Ufer, und Jay nahm die Verfolgung auf. Er konnte zwar nicht so gut schwimmen, wie er zu rennen vermochte, es musste dennoch ausreichen.

Lautes Wasserplätschern verriet ihm, dass Lawrence den Rückwärtsgang eingelegt und sein Boot zum Stillstand gebracht hatte.

„Robin Randle“, schrie er keuchend. „Im Namen des Gesetzes, kommen Sie zurück an Bord.“

Der Leibwächter kraulte weiter. Jay hatte Mühe, hinterher zu kommen, schluckte unaufhörlich Wasser, hustete und spürte seine schmerzenden Lungen, schaffte es jedoch zu rufen: „Wir wissen um Ihre Mittäterschaft. Und alles, was Sie jetzt noch tun können, ist zu kooperieren.“ Er spuckte Wasser aus, das ihm in den Rachen rann. „Das ist das Beste, das Sie für Ihre Familie tun können.“

Die Kraulbewegungen Robin Randles wurden langsamer.

„Kooperieren Sie“, gurgelte Jay, „und es wird sich strafmindernd auswirken.“

Zu seiner immensen Erleichterung drehte ihm der Kerl den Kopf zu und schwamm einige Züge auf ihn zu. „Sie versprechen mir Strafminderung, wenn ich geständig bin?"

Jay nickte, zu mehr war er kaum in der Lage. Das Wasser war eisig und er zu erschöpft ...

Der Leibwächter schwamm zu ihm herüber und packte ihn unter den Achseln. „Holen Sie uns aus dem Wasser!", schrie er Lawrence zu, dessen Boot wenige Meter von ihnen entfernt stillstand. Jay atmete erleichtert auf und ließ es zu, dass der Leibwächter ihm an Bord half. Was für ein Tag.

„Sie sind mir ja Einer!", rief Lawrence aufgeregt und warf ihm eine Decke um die Schultern. „Völlig verrückt!" Er hielt inne, bevor er Robin Randle eine Decke reichte. „Und das ist der Mörder?"

„Ich weiß es nicht." Jay sah Robin Randle an. „Sind Sie es?"

Der Leibwächter erwiderte den Blick mit einem schwachen Lächeln. „Ganz ehrlich. Ich weiß es auch nicht. Aber ich nehme an, Harley hat Ihnen den Teil verschwiegen, in dem ich vorkomme."

„Hat sie in der Tat."

„Die gute Seele."

Jay sah ihn abwartend an. „Gibt es etwas, das Sie hinzuzufügen hätten?"

Der Leibwächter nickte langsam. „Ein winziges Detail vielleicht."

„Gut, dann möchte ich Sie bitten, mir das im Beisein meiner Assistentinnen an Bord der Eroina zu erläutern."

***

„Grundgütiger!" Maggie ließ das Fernglas sinken, als das Motorboot mit Jay und diesem Robin Randle zurückkehrte und an Bord gezogen wurde. Jays Verfolgungsjagden wurden wirklich von Fall zu Fall aufregender. Liv eilte ihnen bereits entgegen, Maggie folgte ihr mit pochendem Herzen.

„Was war das denn, lieber Jay-Jay? Du hättest dir den Tod holen können!", rief Liv mit geröteten Wangen.

„Das kann er immer noch, wenn er nicht sofort unter Deck geht und sich aufwärmt", sagte Maggie.

Jay nickte mit klappernden Zähnen. „Gehen wir in den Gemeinschaftsraum. Tina K. Timpsons Leibwächter hat uns etwas zu erzählen."

Maggies Atem beschleunigte sich. Das versprach, spannend zu werden. Hatte in Wahrheit er die Autorin umgebracht? Sie konnte es kaum erwarten, seine Version der Geschichte zu hören.

„Wo ist Alistair Kriston?", fragte Jay auf dem Weg hinein.

„Wir haben ihn zu seiner Schwester in die Kajüte des Kapitäns gebracht", erwiderte Maggie, die sich bemühte, nicht darüber nachzudenken, dass sie die Geschwister wie zwei Häuflein Elend dort zurückgelassen hatten.

Jay nickte. „Gut. Ja."

Im Gemeinschaftsraum setzten sie sich um einen der runden Tische. Dieser junge Kerl namens Lawrence war so liebenswürdig, ihnen Tee zu servieren. Beinahe mutete es absurd an, wie sie da saßen und den Worten dieses Riesen mit der sanften Stimme lauschten. Teatime auf der Eroina. Teatime mit einem Verbrecher. Dessen Erzählung ihren Fall um ein winziges, sehr entscheidendes Detail veränderte.

Kapitel siebzehn

Robin saß im Flur vor Tinas Kabine und war hellwach. Seit Harley hineingegangen war, saß er dort. Nicht, weil ihn irgendwer darum gebeten hätte, sondern, weil er einfach so ein Gefühl hatte. Dieses Gefühl, das ihn zum Leibwächter gemacht hatte. Dieses Gefühl, das eine Vorahnung war, die ihn niemals betrog. Er spürte es, wenn etwas in der Luft lag. In dieser Nacht hatte es ihn aufgeweckt, um Viertel vor vier, und ohne zu wissen, weshalb, war er hinaus in den Flur getreten und hatte eben noch Harley gesehen, wie sie in Tinas Kabine verschwand. Offenbar hatte die Diva noch irgendeinen Extrawunsch gehabt. Und Harley, die gute Seele, sprang natürlich sofort los, um ihn zu erfüllen. Das taten sie erstaunlicherweise alle. Tanzten nach der Nase der großen Schriftstellerin – die keine war. Er war jetzt schon so lange mit den Kristons befreundet, um Bescheid zu wissen, ohne dass ihn je jemand eingeweiht hätte. Jedenfalls saß er nun vor Tinas Kabine und wurde Zeuge, wie sich die Stimmung da drinnen unerwartet veränderte. Tinas Stimme wehte zu ihm hinaus in den Flur, gedämpft, aber verständlich genug. Etwas in ihm krampfte sich zusammen, etwas in ihm fühlte mit Harley, die da drin allein war und wie immer zu nett, um sich zu wehren. Viel zu nett. Sie würde es nie lernen, sie würde nie ... Tinas erstickter Schrei unterbrach seine Gedanken, und ohne darüber nachzudenken, riss er die Tür auf. Was er vorfand, war so absurd, so fern jeglicher Realität, dass er sekundenlang nichts anderes tat, als zu glotzen. Harley stand mit weit aufgerissenen Augen am Frisiertisch, Tina taumelte von dort fort. Blut floss aus ihrem Hals, aus dem der Schaft einer Nagelfeile herausragte.

„Tu endlich was!", gurgelte sie und taumelte auf ihn zu. Er fing sie und starrte in ihre riesigen Augen. Selbst in diesem Zustand wirkten sie noch gebieterisch. „Tu was!" Er wusste genau, was er hätte tun müssen. Das verdammte Ding aus ihrem Hals ziehen. Seine Finger schlossen sich um die Nagelfeile, doch statt zu ziehen, schob er sie noch weiter hinein, Zentimeter um Zentimeter, während er Tinas Körper langsam auf den Boden bettete. Als ihr Kopf den Dielenboden berührte, waren ihre Augen starr, und sie rührte sich nicht mehr. Harley stürzte zu ihnen, kniete sich neben ihn. „Nein, nein, nein, bitte, wach auf, komm zurück, komm zurück zu mir!"

Robin sah sie an. Die gute Seele.

„Harley", sagte er leise, „geh und hol Alistair."

Kapitel achtzehn

Snugford, heutzutage

Auf den Wellen glitzerte die Sonne, strahlend schön und die Urlaubslaune bestens unterstützend, während der Geruch von Himbeeren einem die Nase betörte …

Maggie legte die Postkarte zur Seite, die sie von der Eroina als Andenken an diesen besonderen Fall mitgenommen hatte, und fand, dass Urlaub letzten Endes nirgendwo schöner war als im eigenen Garten. Sie, Liv und Peter, den Maggie inzwischen als ein überaus würdiges Mitglied ihres B&B-Aufklärungsclubs bezeichnete, saßen in ihrem Rosengärtchen und ließen sich Peters Scones mit Himbeerfüllung schmecken. Das musste man dem Guten lassen, er konnte backen, dass es sämtlichen Großmüttern in Snugford Konkurrenz machte – und ihnen zwei B&B-Betreiberinnen obendrein.

„Wir hätten gleich hierbleiben sollen", sagte er nun mit einem zufriedenen Seufzen. „Das hätte Jay einige seiner Nerven gespart."

„Iwo, und auf das Abenteuer verzichtet, ihm bei seiner nächtlichen Verfolgungsjagd auf dem Meer zuzusehen?", widersprach Maggie, und die drei lachten auf – es erstarb dennoch recht rasch. Weil ihnen dieser Fall allen ein bisschen nachging. Und das lag noch nicht mal am Todesfall selbst, sondern vielmehr an den Opfern, die für ihn verantwortlich waren. Drei gute Seelen, die womöglich einer inneren Begierde gefolgt waren, sich zu befreien. Hätten sie es nur auf einem anderen Weg getan …

Maggie schüttelte den Gedanken ab und schenkte sich Tee nach. „Und ehrlich gesagt, hätte den Fall vermutlich niemand außer uns innerhalb von vierundzwanzig Stunden gelöst." Das war zumindest etwas, worauf sie ungemein stolz war. „Wir sind ein ausgezeichnetes Ermittlerteam."

„O ja", pflichtete ihr Liv bei und lutschte genüsslich Himbeermarmelade von ihrem Finger. „Ich möchte außerdem hervorheben, dass sich unser Jay-Jay prächtig in seine Rolle als DCI eingelebt hat. Die Sache mit dem Ohrring war so clever!"

Maggie ließ das unkommentiert, fand, dass Liv mal wieder zu schwärmerisch war und Jay zwar in der Tat zu erstaunlichen Hochtouren angelaufen war, wie viel davon allerdings Glück, Zufall oder ein Versehen gewesen waren, wollte sie mal dahingestellt lassen. Fakt war, sie hatten ihre Sache gutgemacht – inklusive Jay.

Peter sah nachdenklich aus. „Aber noch ist der Fall nicht gelöst, oder?"

Maggie winkte ab. „Was mich betrifft, schon. Was die Behörden daraus machen, kann ja niemand wissen."

Wie aufs Stichwort trat in diesem Moment Jay in den Garten, stolperte wie jedes Mal über die leicht erhöhte Steinplatte und fing sich gerade noch, ehe er schwungvoll in den aus eben dem Grund fortgeräumten Serviertisch stürzen konnte.

„Ah, Tag, ihr Lieben, ja“, sagte er und strich sich die aus dem Zopf gelöste Strähne zurück. „Das sieht ja lecker ... ich meine, gemütlich aus.“

„Das ist es auch, Peter macht hervorragende Scones!“, flötete Liv und winkte ihn heran. „Nun erzähl, mein Guter, wie war die Anhörung?“

„Ach, nun“, Jay setzte sich umständlich auf den Stuhl ihr gegenüber und schnäuzte sich einmal die Nase, „es war ... verzwickt. Alle drei beharrten bis zuletzt im Gespräch mit mir auf ihrer jeweiligen Version. Das dürfte der erste Fall sein, in dem die übertriebene Geständigkeit der Täter dazu führt, dass der Fall eher ... ungelöst bleibt. Was mich betrifft zumindest. Was die Welt angeht, nun, ich wurde gebeten, den Behörden zu verschweigen, was Robin Randle uns erzählt hat. Er hat eine Familie und eine schwerkranke Tochter, die die Geschwister schützen wollen und ich ... tja ...“

Er war zu weich, um sich von so etwas nicht beschwatzen zu lassen. Maggie hatte nichts anderes erwartet. Sie bemerkte Livs gerührten Blick und die kleine Träne in ihrem Augenlid und entspannte ihre Mundwinkel. Es war eine gute Tat, das stimmte. Maggie fand es trotzdem ungerecht für die arme Harley Hamilton. „Das heißt, die Tat fällt einzig auf Miss Hamilton zurück, und die beiden anderen werden als Teilnehmer eine geringfügige Strafe erhalten“, schlussfolgerte sie und Jay nickte.

„Ich konnte in der Anhörung allerdings recht überzeugend verdeutlichen, dass in ihrem Fall nicht der geringste Täterwille bestanden hat. Weder hat sie wirklich willentlich gehandelt, noch das Geschehen zu irgendeinem Zeitpunkt beherrscht oder danach gestrebt.

Damit haben wir es allenfalls mit einem Totschlag zu tun. Ihr hohes Maß an Kooperation und die Reue, die sie zu jeder Zeit gezeigt hat, haben letztlich für mildernde Umstände gesorgt. Sie erhält lediglich zwei Jahre und vier Monate auf Bewährung."

Maggie nickte. Das war vermutlich das Beste, das man hätte herausschlagen können. Immerhin war Tina K. Timpson tot, gleichgültig wie groß der Täterwille gewesen war. Sie wusste, dass die gewöhnliche Haftstrafe im Falle von Totschlag mindestens fünf Jahre betrug, und so, wie sie Harley Hamilton kennengelernt hatten, würde es ihr mit Sicherheit gelingen, wegen guter Führung noch früher entlassen zu werden.

„Tja", sagte Peter. „Dann bleibt es wohl uns überlassen, zu spekulieren, wer Tina K. Timpson wirklich ermordet hat. Würde sie noch leben, wenn Robin Randle ihr die Feile nicht noch tiefer reingerammt, sondern stattdessen erste Hilfe am Tatort geleistet hätte?"

„Vielleicht muss man manche Dinge nicht so genau wissen. Ich bin zwar der Meinung, dass, jemanden zu töten, eine unverzeihliche Sache ist, aber in diesem Fall werde ich ein Auge zudrücken – und diese Tina K. Timpson mochte ich sowieso nie."

„Oho, jetzt brichst du noch deine zweite Grundsatzregel, die da lautet ‚Über die Toten nichts Schlechtes', was?" Maggie hob schelmisch einen Finger und Liv schnippte ihn weg.

„Regeln sind dazu geboren, in besonderen Fällen vernachlässigt zu werden, meine Liebe, und du weißt, dass ich es mit ihnen generell nicht so genau nehme. Einerlei, haken wir es als einen weiteren gelösten Fall des

B&B-Mordclubs ab, was meint ihr? Ich finde, wir waren gut." Sie zwinkerte Jay zu. „Du warst gut."

Er errötete minimal, tupfte sich mit dem Taschentuch die Nase und nickte, derweil ihm Liv eine Tasse Himbeertee einschenkte. „Och, na ja, ja, ein bisschen. Zumindest wurde ich dieses Mal nicht fast erschlagen oder niedergestochen. Von der Erkältung abgesehen, die mein nächtliches Bad im Meer mit sich gebracht hat, habe ich mich also gut geschlagen. Dank euch, unter anderem."

Liv zwinkerte. „*Wozu hätten wir Freunde nötig, wenn wir sie nie nötig hätten?*"

Ein anerkennendes Lächeln erschien auf Jays Gesicht. „Woher …?"

„Ich habe die klügsten Shakespeare-Sprüche gegoogelt – den fand ich besonders treffend."

„Ja, das stimmt." Jay erwiderte ihr Zwinkern und sie kicherte. Maggie schüttelte den Kopf und verkniff sich eine Bemerkung, stattdessen hob sie ihre Teetasse. „Wohlan denn, auf uns und den dritten gelösten Snugford-Fall!"

Jay, Liv und Peter hoben ebenfalls ihre Tassen und ließen sie gegeneinanderstoßen. Auf den B&B-Mordclub.

Maggie seufzte zufrieden. Köstlich, dieser Tee von Zoeys Laden.

„Ach, da bist du ja, Jay. Ich hatte gehofft, du würdest im Teeladen vorbeischauen. Ich bin schrecklich neugierig, wie dieser Fall ausgegangen ist."

Wenn man vom Teufel – oder eher Engel – sprach …

Zoeys rotbrauner Schopf tauchte über der Gartenhecke auf, und Jay sprang in die Höhe, dass der Tisch erbebte und die Tassen geklirrt hätten, würden sie sie nicht noch immer in der Hand halten. „Oh, eh, ja, ich war dort, allein die lange Schlange … hm, also es sah aus, als hättest du furchtbar viel zu tun. Da dachte ich …“

„Schluss mit dem Denken“, mahnte Zoey lachend. „Für dich hätte ich immer Zeit, und du weißt, wie die Snugforder sind. Für eine Handvoll reißerischer Neuigkeiten hätten sie dich sogar vorgelassen.“

„Ja … Sicher …“

Zuckersüß die beiden. Maggie und Liv tauschten einen Blick. Liv fuhr sich durchs Haar und setzte ihr Strahlen auf. „Allerdings lassen sich die Dinge hier weitaus gemütlicher besprechen, nicht wahr? Und ich habe sowieso noch ein Treffen, der Stuhl wird also frei.“ Womit sie sich zackig erhob. Für eine fünfte Person wäre um ihren kleinen Gartentisch wahrlich kein Platz mehr gewesen.

„Du hast ein Treffen?“, fragte Jay verlangsamt. „Mit wem?“

„Das verrate ich nicht“, sagte Liv zwinkernd und tänzelte von dannen. Sie und die in den Garten tretende Zoey tauschten ein Lächeln, und dann war die größte Kupplerin ganz Englands auf dem Weg zu ihrem Treffen. Maggie erhob sich ebenfalls.

„Mir fällt ein, ich sollte mal eben rein. Ihr wisst, es ist Hochsaison, und die Gäste haben gewiss noch einige Wünsche, die ich ihnen von den Augen ablesen darf.“ Sie nickte Zoey und Jay zu, der etwas irritiert nickte. Maggie warf Peter einen bedeutungsvollen Blick zu. Es dauerte ein paar Sekunden, bis der Groschen fiel.

„Oh. Ja. Himmel, fast vergessen, ich muss ja los!", rief er und stürzte seinen Tee herunter. „Father Abernathy beim Packen helfen."

„Wieso beim Packen?" Jay runzelte die Stirn, und Maggie seufzte innerlich. Wollte der Kerl nicht zu seinem Glück, seiner verdienten Zweisamkeit, gezwungen werden, oder was?

Peter lachte. „Hatte ich es nicht erwähnt? Father Abernathy wird seinen Dienst in Snugford quittieren." Er senkte mit ironischem Unterton die Stimme. „Wir Snugforder haben ihm wohl zu viel Dreck am Stecken."

Jay schien das blinzelnd zu verarbeiten – eine Zeit, die seine Kriminalassistenten nutzten und sich aus dem Staub machten. Maggie warf noch einen Blick über die Schulter zurück. Es wurde endlich Zeit für die Lösung von Jays größtem Rätsel – dem, wie man eine Frau eroberte.

Jay blickte seinen Freunden in Crime und Co nach und benötigte einen Augenblick, um den Umschwung des Moments zu verdauen. Zoey hatte sich derweil ihm gegenübergesetzt und sah wunderschön aus. Ihr zartblaues Sommerkleid mit den roten und gelben Blumen stand ihr ausgezeichnet – wobei ihm nichts einfiel, das dieser Frau nicht stehen würde. Ihm fiel generell nichts ein. Nichts, was er sagen sollte, nichts, was er tun sollte, oder wie er es vollbringen konnte, nicht so dämlich zu lächeln.

„Und?", fragte Zoey mit einem weitaus bezaubernderen Lächeln. „Wie ist es ausgegangen?"

„Oh. Gut."

„Gut?"

„Ja", Jay räusperte sich, „ich meine, nein, es könnte natürlich besser sein."

„Stimmt es, dass sich dieser Leibwächter selbst die Nase gebrochen hat, um zu entkommen?", fragte Zoey aufgeregt.

Jay nickte mit gerunzelter Stirn. „Ja. Verrückt, oder?"

„In der Tat. Was bekommt man für einen Vertuschungsversuch mit Flucht?"

„Ach, nun, nichts. Harley Hamilton nimmt die Schuld gänzlich auf sich ... Die gute Seele." Robin Randles Ausdruck. Nichts könnte treffender sein. „Niemand hat von Mr Randles Beteiligung erfahren." Zoeys Augenbrauen schnellten in die Höhe, und Jay beeilte sich, hinzuzufügen: „Miss Hamilton wird sicher gut zurecht und entsprechend bald rauskommen. Und vielleicht schreibt sie dir sogar noch einen neuen Roman, den du verschlingen kannst."

Zoey lachte. „Ich verschlinge keine Romane. Ich bin eine sehr langsame Leserin. Und außerdem habe ich gerade Appetit auf etwas ganz anderes."

„Ach, tja, so was", murmelte Jay unsicher und ein bisschen davon abgelenkt, dass ihre Fußspitze gegen seine stieß. Hauchzart, aber er spürte die Berührung in jeder Faser seines Körpers. „Ich meine, auf was denn?"

„Eher auf jemanden."

Jay nickte langsam. Auf jemanden. Doch nicht am Ende auf ...? Er wagte den Gedanken nicht zu Ende zu führen. Worte blieben auch aus, stattdessen könnte er handeln, sich vorbeugen und ... Stopp! Was, wenn sie nicht Appetit auf ihn hatte, sondern auf jemanden ganz anderen, das wäre überaus peinlich und ...

„Jay?"

„Hm?"

Sie lächelte, und er schmolz dahin. Ein sanftes Lachen entfuhr ihr, und sie streckte unvermittelt die Hand nach ihm aus, strich seine Haarsträhne hinters Ohr und Jays gesamter Körper fühlte sich wie elektrisiert an. „Mir fiel auf, dass du in letzter Zeit verblüffend selten Shakespeare zitiert hast."

Er dachte darüber nach und musste zugeben, dass es stimmte. Er war so mit der Lösung des Falls beschäftigt gewesen, dass er kaum Gelegenheit für Poesie gefunden hatte. Was womöglich so sein sollte. Wer mit beiden Beinen fest auf dem Grund stand und wusste, was zu tun war, konnte die Poesie auf das Privatleben verschieben. Wobei ...

„Ach", sagte er leise und fand ihren Blick. „Es wird vielleicht Zeit für ein paar eigene Worte."

„Tatsächlich?" Zoey sah ihn aufmerksam an, ihre Augen luden ihn ein, darin zu versinken, und er neigte sich kaum merklich über den Tisch vor.

„Mhm, ja, ich wollte es schon eine geraume Weile sagen, dass ich nämlich ... Nun, dass ich hingerissen bin von deiner ..."

Sie sahen einander an. „Ja?"

„Von dir", sagte Jay. Es war raus. „Ich bin hingerissen von dir und ich denke, nein, ich weiß, dass ich dich ... liebe."

„Hm." Zoey seufzte genießerisch. „Das klingt tausendmal schöner als Shakespeare."

„Wirklich?"

Sie nickte. „Und ich kann es noch toppen." Sie neigte sich ebenfalls über den Tisch. „Ich liebe dich auch."

Jays Ohren glühten. „Oh. Gut. Nun denn ..."

Er schloss die Augen, spitzte die Lippen und über-
wand die letzten Zentimeter bis zu den ihren, nahm
den süßen Duft von Himbeeren und Blumen in sich auf
und …

„DCI Jameson, DCI Jameson!" Er riss die Augen auf
und Zoey gleichzeitig mit ihm. „Es ist etwas passiert!"

„O nein", stöhnte Jay und Zoey kicherte. „O doch",
sagte sie, erhob sich leicht, legte beide Hände an seine
Wangen und küsste ihn. Zart und gefühlvoll. Und Jay
vergaß alles Schreckliche auf der Welt, suchte ihre
Hand an seiner Wange und erwiderte Zoeys Kuss. Gut
möglich, dass sie dabei die Teetassen auf dem Tisch-
chen zwischen sich umwarfen, es war einerlei … Erst
als wer auch immer längst in den Garten geplatzt war,
lösten sie ihre Lippen wieder voneinander. Zoey grinste
schelmisch. „Nun denn, ich glaube, dein nächster Fall
wartet."

Der konnte, wenn es nach ihm ging, noch eine Weile
warten …

Es ging nur nicht nach ihm. Ging es nie. So ehrlich
musste man mit sich sein.

Ende

Glossar

DCI Jay Jamesons Shakespeare Manifest III

Verbess're deine Sprache, deine Rede, damit sie nicht dein Glück verdirbt.
Zitat Shakespeare

Und Liebe wagt, was irgend Liebe kann.
Romeo und Julia

Ich schätze seine völlige Abwesenheit sehr.
Zitat Shakespeare

Wenn die Seele bereit ist, sind es die Dinge auch.
Zitat Shakespeare

Gute Gründe müssen den besseren weichen.
Zitat Shakespeare

Wozu hätten wir Freunde nötig, wenn wir sie nie nötig hätten?
Zitat Shakespeare